路易的第九条命

THE NINTH LIFE OF LOUIS DRAX

［英］莉兹·延森／著　钱峰／译

Liz Jensen

中国華僑出版社

图书在版编目（CIP）数据

路易的第九条命 /（英）延森著；钱峰译. —北京：中国华侨出版社，2013. 12

ISBN 978-7-5113-4348-2

Ⅰ. ①路… Ⅱ. ①延… ②钱… Ⅲ. ①长篇小说－英国－当代 Ⅳ. ①I561. 45

中国版本图书馆CIP数据核字（2013）第307146号

版权登记号 图字01-2013-8919

路易的第九条命
The Ninth Life of Louis Drax

作　　者：[英] 莉兹•延森（Liz Jensen）
译　　者：钱　峰
出 版 人：方　鸣
责任编辑：付改兰
封面设计：lemon
经　　销：新华书店
开　　本：880mm×1230mm　1/32　印张：8. 5　字数：175千字
印　　刷：北京慧美印刷有限公司
版　　次：2014年3月第1版　　2014年3月第1次印刷
书　　号：ISBN 978-7-5113-4348-2
定　　价：32. 80元

中国华侨出版社 北京市朝阳区静安里 26 号通成达大厦 3 层 邮编：100028
法律顾问：陈鹰律师事务所
发 行 部：（010）82068999　传真：（010）82069000
网　　址：www. oveaschin. com
E-mail：oveaschin@sina. com

献给卡斯滕

我对你的爱超越任何文字的表达

目录 *Contents*

▶ 楔子

每个人都说总有一天我会遭遇一场重大意外，一场结束所有意外的意外。

我不是寻常孩子，我是路易·德拉克斯。我的身上总会发生一些不寻常的事情，比如说外出野餐却意外溺水。

你可以去问问我妈妈，有我这样一个总是会出意外的孩子是什么感觉，她肯定会大吐苦水，一点乐趣都没有。你完全无法入睡，总是想着这些意外什么时候才能终结。你总觉得到处都是危险，然后想着，一定要保护好他，一定要保护好他，但是有时候实在是无能为力。

由于第一次的意外，妈妈在爱我之前就先对我产生了恨意。我的第一次意外发生在出生的时候，当时的情形与恺撒大帝出生的时候一样，人们拿着一把刀划向母亲的腹部，扯出一个满身是血、不停尖叫的孩子。他们认为我没法以自然的生产方式从母亲的身体里出来。（虽然那种方法也一样十分恶心。）而且他们觉得要是以自然方式生产的话，我母亲也会难产而死的，就像恺撒大帝的母亲一样，那样的话他们就只能把我们冰冷的尸体放进棺材之中，大的给她，小的给我。也有可能他们会把我们放进同一具棺材中，也就是双人棺材。我敢打赌棺材店肯定有这种棺材出售，专为冥冥之中有一种特殊联系的母子使用，你可以从网上订购到这种棺材。出生真的是一件很恶心的事情，即使活到一百岁，你和你的妈妈也一辈子都不会忘记这件事。而这才只是刚开始而已，虽然那时我并不知道我会如此命途多舛，我妈妈也不知道。

第二次意外发生时我还只是一个小婴儿。那时我大约八周大，正躺在童床上睡觉，突然之间就患上了婴儿猝死症（俗称摇篮病，指外表似乎完全健康的婴儿突然意外死亡）。她满脑子都在想着一定要保护好他，一定要保护好他，别慌张，打电话叫救护车就好了。医护人员在电话里告诉她如何在他们到来之前让我恢复呼吸，来了之后又供给我氧气，可是这一切的救护措施却在小小的我的胸口留下了许多瘀青。我妈妈也许还保留着那时的照片，如果你想看的话她就会把它们拿出来，还有那张 X 光片，上面显示我的那些小肋骨全都碎得不成样子了。

之后当我四岁的时候，有一次我发生痉挛，一直大声尖叫，中间甚至有九分半钟都没有呼吸。这件事千真万确。就连伟大的霍迪尼（美国著名魔术师，至今仍是逃生术表演的代名词，被誉为“现代魔术之父”）都没法做到这样，他可是个逃脱大师呢。他是个美国人。

当我六岁的时候，我掉进了里昂地铁的铁轨之中，全身百分之八十五受到电击。这样的情况之前几乎从未发生过，但是却偏巧被我遇上了。我存活了下来，不过那简直就是个奇迹。

之后我还因为把脸埋进了有毒的食物中而食物中毒。沙门氏菌症、破伤风、肉毒中毒、脑膜炎，这些只不过是我得过的病中的一小部分，还有许多病的名字我都不会念。不过你都可以在《医药百科全书》的第三卷中找到这些病症，你可以细细阅读，不过事先警告你，这些病症都非常恶心。

“有我这样一个孩子，对她来说实在是一场梦魇。”我对古斯塔夫说道。古斯塔夫可是一个梦魇专家，因为他的整个人生就是一场梦魇。“每天她都在担心着各种各样的危险状况，以及如何保护好我不受危险的侵害。”

“你在这里会更好。”古斯塔夫说道，“孩子，在你来之前我一直很孤单。你在这里想待多久就可以待多久，有你做伴很不错。”

我现在已经对他越来越熟悉，但是有的时候他还是会吓我一跳。他的整个头都包在绷带之下，还有血渗出来。要是你看到了他，也会觉得他是很诡异的，有可能会被他直接吓死。不过你也可以对他吐露心声，就像我一样，毕竟当你看不见人脸的时候，更容易敞开心扉一些。

我就是不能被信任的，只要一离开别人的视线，我就会闯祸。每个人都说，IQ高让整件事情其实是变得更糟而不是更好。

妈妈说：“传说猫有九命，它们死后灵魂还紧紧地抓住身体，不愿飘走。路易，如果你是一只猫的话，也已经用完了八条命了，一年一条命。我们不能一直这样下去。”

爸爸和肥佬普雷兹也同意她的话。

“谁是肥佬普雷兹？”古斯塔夫问道。

肥佬普雷兹是个“读心人”，可是他却一点都不精于此道。爸爸妈妈曾付钱让他听我说话，弄清楚围绕在我身边的这些神秘事件到底是怎么回事。路易·德拉克斯的奇异迷案，神奇的易出事故的男孩——当爸爸对别人说起我的事情的时候，总是这样形容的。但是这可不是什么好笑的故事，这是非常严重的事情，每次说起就会让妈妈陷入无尽的绝望之中。

嘿，古斯塔夫，听听别人都是怎么说的。每个人都说总有一天我会遭遇一场重大意外，一场结束所有意外的意外。有一天，当你抬头望天时，可能会看到一个小孩从天空中掉落下来，那大概就是我了。

孩子们不该让他们的母亲哭泣，我为此在每周三去格拉特席耶勒区找肥佬普雷兹。他住在卢米埃兄弟广场附近的公寓里。你可能并不知道卢米埃兄弟是谁。卢米埃兄弟是电影之父，他们发明了电影，那里有一个关于他们的博物馆，广场上还有一个喷泉，附近还有一个妈妈经常去买沙拉、番茄和芝士的市场。我实在是很讨厌番茄，因为每次吃它们都会过敏。妈妈还会去那里的一家肉铺买香蒜香肠，我和爸爸偷偷把那种香肠叫作“驴鞭”。当妈妈在采买物品的时候，我和肥佬普雷兹就会聊聊天，有时候聊的是一些血腥的东西，还有的时候就是闲聊。

“路易，不论你的脑中在想些什么，都可以说出来给我听。我就在这里，听你说话。”

我们经常讨论的话题是吸血蝙蝠，因为我对《蓝色星球》（纪录片名）《动物的精彩世界》（书名）了解不少，对如雅克·库斯托（以拍摄水下世界的纪录片出名的导演）、阿道夫·希特勒、圣女贞德、莱特兄弟，等等，已经逝世的人也了解不少。不仅如此，我还熟知各种病症和毒药。吸血蝙蝠一次吸血的世界纪录为五公升。吸血蝙蝠先用唾液将母牛麻痹，然后从母牛的脖子或是臀部吸出五公升的血液。我可以与肥佬普雷兹谈论任何事情，因为他守口如瓶，绝不会对任何人说起。我说的事情越血腥、越恶心，他就越兴奋，坐得皮椅都嘎吱嘎吱直响。

我一直觉得，要不是他自己这么热衷于听这些血腥的事情，他完全可以在房间里放一台录音机，录上自己的声音，每隔几分钟说一句“继续说”就好了。这样他就可以去看卡通台，然后用我爸爸妈妈付给他的钱去买糖吃。

“每次咨询多少钱啊？”

“这问题你得问你妈妈，或是你爸爸。”

“我现在就问你，咨询一次多少钱？”

“为什么这个问题如此重要呢？”

“因为也许我也可以做你做的事情，还能赚点钱呢。”

他那肥硕的脸庞上笑容诡异。

“你觉得你自己喜欢助人吗？”

这句话实在是让我觉得好笑。

“帮助别人？我喜欢坐在椅子上，只要动动嘴皮子说说‘继续说’就能赚到很多钱，那才是我喜欢的——简单舒适的生活。”

“你觉得你长大以后会想要简单舒适的生活吗？”

“这问题实在是很愚蠢。”

“为什么你觉得这个问题很愚蠢呢，路易？”

“因为我根本就不会长大啊，对吗？”

“你怎么会那样想呢？”

他觉得我是个大浑蛋？他会觉得我是来自冥王星或是什么别的星球，只不过是个没有脑袋的外星人吗？

“又一个蠢问题。”

“如果你认为这是愚蠢的问题的话，我很遗憾。但是我还是很想听听你的答案。”肥佬普雷兹说道，“所以，你为什么会认为自己不会长大呢，路易？”

什么都别说，什么都别说，什么都别说。

肥佬普雷兹是我的死敌，可是他却不像古斯塔夫那样吓人。你要是遇见古斯塔夫，肯定也会被他吓到的。因为在他头上的重重绷带之下，并没有一张脸，而且他有时咳嗽得很厉害，像是生病了一样。有时候我觉得他完全就是一个我脑中臆想出来的人物，我只不过是想找个人说说话罢了。但是就算他真的是我臆想出来的人物，那又能怎么办，我不知道如何不要臆想。如果有人活在你的脑中的话，你要如何把他驱赶出来呢？

答案就是不能。你不能，因为那就是他们住的地方。

法律存在于世，如果你违反了法律，就会被送进监狱。但是世上也有一些隐性的规则，由于十分隐秘甚至没有人会谈论。饲养宠物的隐性规则就是：如果你养了一个小动物，比如说是一只叫默德的仓鼠，它已经活得超过一般的啮齿类动物的两年生命了，你就可以宰杀它，因为你是它的主人。这条饲养动物的隐性法则叫作“处置权”，你可以让它窒息而死，或是用除草剂之类的药毒死它。你也可以用厚厚的书本砸死它，像是全三卷的《医药百科丛书》或是《哈利·波特与凤凰社》。只要你没有把现场弄得一团糟就行。

让我去肥佬普雷兹那里咨询，是爸爸的主意，但是却成了妈妈的重担，因为她要负责带我去那里。爸爸在云端辛勤地工作着，说着诸如“机组人员，还有十五分钟就要降落了，舱门进入自动模式”的话、研究气压图，还要去上一门有关人际交往的课程，因为……

事实上我根本就不知道原因，我连什么是有关人际交往的课程都不知道。

肥佬普雷兹的公寓在格拉特席耶勒区的马勒塞尔布街。你要先按电铃，然后他会放你进大楼，走去楼梯的路上有一股普罗旺斯鱼汤的味道，有时又会是一股青豆味，然后你要乘坐那个奇老无比的电梯上四层。每次进那电梯，我都会觉得自己吓得要尿出来了，肥佬普雷兹说那是因为在里面感觉十分拘束。

“你患有轻微的幽闭恐惧症。”他说道，“这并不罕见，许多孩子都有这种症状，有些成人也患有幽闭恐惧症，在这种情况下，你需要在密闭空间中放松膀胱。只要憋住就好了。”

但是每周三，我还是一出电梯就会迅速冲进肥佬普雷兹那吓人的公寓去上厕所。膀胱就像一个气球，一个肉囊，当你憋得太久的时候，它就会爆掉，相信我。当我冲水之前，有时我会先走出去，把耳朵贴在他的客厅门上，听他们在里面是如何讨论我的。有时他们会争吵，像是结婚的夫妻一般。不过我根本听不清楚他们说的话，就算我拿起厕所里那个他用来放牙刷的、底部有着恶心的绿色黏性物质的杯子聚声都不行。

如果你付钱给别人，那么拿钱的人不应该与你争吵的。

当我从厕所里出来，妈妈就会说："待会儿见，亲爱的路易，我去市场买点东西。"然后她就会离开，肥佬普雷兹就和我小聊一会儿，聊一会儿天要花许多钱，爸爸做飞行员的工资中的许多都拿来付这个钱了。有时空姐会在飞行途中给他送些咖啡，有时会送些茶，不过从未送过啤酒或是白兰地。

"你最近过得怎么样，路易？"肥佬普雷兹问道。

"爸爸要是在飞行时喝啤酒或是白兰地的话，就会被法国航空公司开除的。"

肥佬普雷兹很老，大概有四十岁了，他有一张婴儿似的大胖脸。要是你有一根大头针的话，就可以直接戳破那张脸，黄色的液体就会喷溅出来。

"是的，我相信那是真的。在那种情况下，任何酒精饮料都是不被允许的。航空公司对飞行员飞行中的要求很严格。"肥佬普雷兹说道，"现在，你该回答我的问题了。"

第一个问题总是有关我的近况的。但是有的时候他并不会直接问出来，而是在那里静静地等我自己开口。不过这样的情况从不奏效，因为有一条叫作“什么都别说”的秘密法则，所以我们就静静地坐在那里，直到他无法忍受这个局面而打破僵局为止。我比肥佬普雷兹更有耐心，五分钟就是他忍耐的极限了，那时候他的椅子就会嘎吱作响。而且他对那条秘密法则一无所知，因为那是我发明的法则。当他问我第一个问题的时候，如果我不再玩“什么都别说”了，我也许会说：“一切都很好，谢谢你，普雷兹先生。你的减肥计划进行得还好吗？”我也有可能会编一些学校里的事情，比如说打架之类的。有时我说的事情确实是真的，只不过是发生在别人身上的。他实在是很笨，因为他总是相信我的话，就算他不信的时候，也会假装相信。假装这件事，让他显得更笨了，简直是笨上加笨。看看下面这个例子吧。

我会说：“今天我被暴打了一顿。”

椅子嘎吱一声，普雷兹说：“继续说。”

“是在木工课上，我正在用波萨轻木做同比例缩小的螺旋楼梯。然后八个小恶霸就走了过来，一直叫我——怪胎、怪胎、怪胎。他们都拿着锤子，但是其中那个个头最大的恶霸手上还拿着一个线锯。他抓住我的脖子，把我的头往老虎钳上撞，然后别的恶霸都用手上的锤子把钉子往我脑袋上敲。”

“哎哟。”肥佬普雷兹说道，椅子又嘎吱了一声。

他真是个怪人，还是个笨蛋。我们学校根本就没有木工课。这是以前老爸还在上学的时候的故事了。现在我们有计算机课，这样的课更有用处一些，因为你就可以学着做一个黑客。

“我都疼死了。他正准备要把我的头锯下来的时候，齐达内老师来了。他也是一个足球世界冠军。最糟的是，居然是我受到了惩罚。这件事千真万确。”

“为什么老师要惩罚你，而不是那些小恶霸？我只是有点好奇。”肥佬普雷兹问道。

“因为恶霸们总是会赢，我的血溅在地上弄得那里一团糟。足球冠军赢得了那么多的冠军奖杯还有世界杯，他们并不喜欢清理别人的垃圾。当我把自己的头从老虎钳里面解放出来之后，头上的血一直往下流，从走廊到厕所一路上都滴有我的血。绿色的血，这让齐达内老师气坏了。”

“为什么会是绿色的血？”

“因为我有白血病，化疗会让你的血变成绿色的，你不知道吗？我还以为你受过教育培训，对这些都会了解呢。”

“绿色的血，白血病。太有意思了！继续说。”肥佬普雷兹继续说道，椅子又嘎吱一声。

他简直应该改名叫“继续说先生”，而不是肥佬普雷兹。或者叫“又蠢又笨又吓人的浑蛋先生”。

不过我在这里可以畅所欲言，因为无论我想说什么都是被允许的。孩子应该被允许自由发表意见、抒发情感，即使那些意见和情感是负面的。世界是安全的，诸如此类的话。

哈哈，我只是在开玩笑罢了。

肥佬普雷兹注意了，现在轮到我发问了。

第一题：我妈妈会在我上学的时候，自己一个人来你这里咨询吗？

第二题：当她与你说有关她和我爸爸的事情的时候，你的椅子也会嘎吱乱叫吗？

第三题：咨询过后，你们会做爱吗？

如果我问这些问题的时候他就在我对面的话，他的椅子一定会嘎吱嘎吱响三声。如果古斯塔夫在那里的话，大概会说："稳住，孩子，别浪费精力了，时刻保持警惕吧。"

"这周为了庆祝你的生日，我们要在周末做一件很棒的事情。"妈妈说道。

我们几乎同一天生日，就如我们在我出生的时候几乎一同丧命一样。我的生日是四月七号，仅仅在我妈妈生日的两天之后。所以我们像是一对双胞胎，互相需要，如果离开了彼此就会活不下去。所以我们总是会在六号那天一起庆祝生日。我九岁，她四十岁，今天要庆祝她的四十大寿。爸爸会从巴黎赶过来，现在他与他那恶毒的母亲露西住在巴黎。我会得到很多礼物，其中之一就是一只新的仓鼠。它的名字叫默德，与上一只一样，它也会住在上一只默德住的笼子里，在同一个果酱罐里方便。我总是会叫仓鼠默德，因为我觉得这是个仓鼠的好名字。爸爸说这是个世代相传的名字。

和默德三世一起来的，还有一本书——《怎样照顾小老鼠》。

"希望这一只可以活得长久一些。"爸爸说道，"当你来巴黎看我和奶奶的时候，你可以带着它一起。"

但是妈妈怪异地看了他一眼，因为巴黎可不是什么好地方。

那是一只十分苍白的仓鼠，毛色比上一只要白得多，它的眼睛不是黑色的，而是深红色，像是充血一样。可能是因为它很害怕。这几只默德一开始总是很害怕，在笼子里待上一个星期后，渐渐懂得宠物饲养的秘密规则后，它们就好多了。爸爸把它们的笼子叫作“恶魔岛”（美国旧金山的头号景点，曾是联邦监狱所在地，也是一个野生动物的庇护所，恶魔岛还多次成为影视界的主题）。我为妈妈准备了一个叫作“香氛”的香水当作生日礼物。但是那香水的味道非常难闻，简直比猫尿和死老鼠还臭。爸爸在机场买了这瓶香水让我送给妈妈，他买有折扣。所以这算是我送给妈妈的礼物，但是却不是我挑的，也不是我付钱的，折扣也不是给我的，我只不过是送一个心意罢了。

“多棒的心意呀！”妈妈说道，说罢就喷了一点香水在耳后。然后她抱着我亲了又亲，那浓浓的香水味差点没让我咳得背过气去。

心意才是最重要的。

再过一年，就是我的十岁生日了，那可是个大生日，要好好庆祝。

我并没有告诉她，其实那个心意也不是我的。我甚至忘了她的生日，因为我一心期待着自己的生日和默德三世。爸爸在电话中提醒了我，让我做一个卡片送给妈妈。不过那时我正忙着玩乐高模型，做火箭发射器和太空舱，完全没把这件事放在心上。最后直到爸爸开着他那辆新的大众帕萨特轿车来的时候，我才在他的生日卡片上用黑蜡笔签了自己的独特符号——由吸血蝙蝠、死亡和纳粹十字记号组成。

我妈妈的心像玻璃一样易碎。爸爸说她的生活一直很苦，这也是她一直会头痛和哭泣的原因。有时她会对我大喊大叫，事后又对我连声道歉，哭得更凶了，一直抱着我亲来亲去。但是爸爸并不是个玻璃人，他是一个非常坚强的人。你要是遇见他，有可能会被他当头一拳，然后不幸脑震荡。他很善于打人，他本可成为一个拳击手，不过他永远不会使用那些肮脏的小手段，就像打死了伟大的霍迪尼的那个小人，他在霍迪尼还没有把腹部的肌肉准备好的时候就出拳打向了他的腹部，让霍迪尼命丧黄泉。爸爸在健身房里练肌肉，他不仅有胸肌和腹肌，在别的地方也有肌肉，比别的这个年纪的人身体健硕得多。要是他受过训练的话，搞不好会成为一个杀人机器。他只不过是没时间去接受训练罢了。他总是忙着驾驶飞机飞来飞去。他说那其实是个办公室工作，驾驶舱美其名曰就是一个办公室罢了。“那样的生活让人沮丧，可完全不像你想象的那样光鲜，我亲爱的孩子。”

而且，他还要小心翼翼地不让别人发现自己在驾驶中也在喝啤酒和白兰地。而且他从巴黎迪士尼乐园度假村回来后，酒喝得更凶了。在那里，他对妻子和儿子大发雷霆，而他们只不过是他沮丧情绪的无辜受害者，不该为不是他们的错误而受到责备。那不是别的任何人的错误，而是他自己的错误，他要直面这些错误。

“我们周末一起出门。”妈妈说道，“我们要离开里昂，到乡下去，你、我和爸爸，我们三个人再次相聚，像家人一样到奥弗涅（法国中南部一个地区）来一次愉快的野餐。”

妈妈那擦了粉红色唇膏的嘴巴满是笑容。

爸爸以前飞国际线，不过现在只飞国内线了。飞国内线比较好，因为这样就不用影响正常的家庭生活，那是世界上最宝贵的东西了。我的生日卡片上写着：给我们最亲爱的儿子。爸爸和我给妈妈的生日卡片上写着：给最棒的妈妈。妈妈看到这张卡片的时候嘴角抽搐了一下，怪怪地看着爸爸问道：“这是露西选的吧？”然后就把卡片放在她妈妈给她的卡片旁边。她的妈妈也给了我一张，但是我从未见过她，毕竟瓜德罗普岛（法国的海外省，位于加勒比海小安的列斯群岛中部）离我们很远，那里种着杧果和许多其他新奇的异域水果。

“靠近蓬特罗尔那里的山区里，有一种叫‘春日之耀’的野花，在四月会开花，我们可以去摘一些。”

“摘了要做什么用？”

“可以把花放进花瓶里或者送给别人。”她说，“送给朋友。”说罢又笑了。

妈妈一直在换朋友。换朋友的原因是有一天他们会有巨大的意见分歧，而那巨大的意见分歧总是与我有关。妈妈必须要和那些朋友划清界限，因为她是站在我这边的，保护我不受那些问我恶毒的问题、叫我“怪胎”的人的恶言恶语的伤害。妈妈就是要这样保护自己的孩子的，但是这也会让她很孤单。爸爸有同事——法国航空公司的其他飞行员以及别的航空公司的漂亮空姐，也许还有在健身房里认识的人。不过我敢打赌他们肯定觉得花很无聊，肯定连听都没听过“春日之耀”。你听过“春日之耀”吗？

是吗？它是什么颜色的？

看吧，没人听过这花。她不过是编出来骗我们走出公寓罢了。她有时会撒些这样的小谎，因为待在家里太闷了。妈妈们总是需要一些新鲜空气、空间和自由的。她们像鸟一样，要是你总是把她们关在笼子里，她们总有一天会疯掉。并不是只有爸爸们才需要飞的。而且，他们在电话里就在吵架了。

“都是你的错！”

“我的错？你说那是我的错？”

然后她总是想让事情平复下来，女人们总是会这样，她们做“感情工作”。如果她不做这项工作的话，爸爸可能永远也不会回来，只会坐在酒吧里喝着啤酒和白兰地，和他那恶毒的母亲露西一起密谋怎么毁掉我们的家。露西给我寄的生日卡片里夹着五十欧元，还有一张爸爸小时候和她与他们那只叫尤奇的狗的照片。尤奇被一辆卡车碾过，双腿瘫痪，他们不得不让其安乐死。那与“处置权”有些类似，但是规则要无聊得多。

“现在我们来看看。”妈妈说，“我已经整理好了行李箱，我们周六要在维希（法国中部都市，著名温泉疗养地）附近的旅馆住一晚，然后周日晚上开车回里昂。爸爸整个周末都放假，所以我们可以好好玩。现在，野餐篮、热水瓶……”

野餐的装备看起来都是新买的，也许这也是“感情工作”的一部分，我从来都没见过这些塑料杯盘刀叉，因为我们以前从来没有野餐过。我曾经在学校组织的郊游中野餐过，却从来没有和爸爸妈妈一起野餐过。在学校组织的郊游中，乱丢垃圾必须回去捡起来。老师会让大家唱一些很愚蠢的歌，返程的路上有人在大巴上吐了。当妈妈把野餐篮放进汽车后备箱时，我看见了里面放着的东西。我掀开冷冻箱的盖子，看到里面那些用保鲜膜包好的食物。保鲜膜对孩子来说很危险，因为用保鲜膜包住脸看起来很酷，像是一个超级暴力罪犯，但是保鲜膜却会让孩子窒息身亡。妈妈带的食物有馅饼、我和爸爸偷偷称为“驴鞭”的香蒜香肠、卡芒贝尔奶酪、葡萄和一个查尔斯糕点店的生日蛋糕。爸爸也过来看了看。

“娜塔莉，你可真是去大采购了一番。”

我也是那么想的，但是我什么都不敢说。

“人的四十岁只有一次。”妈妈说道。

“驴鞭。”爸爸偷偷地对我用唇语说了一声。

“我能带着默德吗？”我问道。

“亲爱的，不行。”妈妈说，“对不起，想都别想。”

但是爸爸说：“为什么不呢？只要它乖乖地待在恶魔岛里就好。”所以默德也坐上了汽车，它在后备箱里，和食物在一起。其实就算十天不给它喂食也是可以的，因为它是一个能量消耗很低的宠物。嘿，看看我们呀，我们又像一家人一样了，我、爸爸、妈妈和小仓鼠。妈妈重重地关上了后备箱，我们坐进大众帕萨特里。车上有六片装的CD机和天窗。爸爸还戴上了墨镜，看起来酷酷的，像是黑帮成员一样。他系上安全带，然后发动了汽车。他回过头来，笑着对我们说："我们上路啦。"好像一切都还十分美好，好像他们还爱着对方，好像那个脸上满是绷带的无脸男不会存在，好像之后悲剧就不会发生。

第一章

我做对了每一件事，也发现了事情的真相。但是那并不是事实，事实是我是盲目的，盲目到视而不见。

小男孩都喜欢海怪。如果我有个儿子的话，我会带他去看刚刚运到巴黎的巨乌贼。巨乌贼有十五米长，泡在甲醛里一路运来。我在《新观察家》上看到了一张照片：管状的身体，吸盘触角像跳芭蕾舞般在身后摆动。这场景让我想到了一种兰花，又像是一个离开了停泊之处、在海底失落地漫游而迷失了方向的细长海葵。巨乌贼的拉丁文名为 architeuthis。这些年来，巨乌贼一直被认为是水手们在海上待了太久，产生幻觉而虚构出来的产物。但是现在，全球变暖的现象让巨乌贼受益不少，它们的数量急剧上升。国外的一些沙滩上，每天都有一些漂流物可以证明巨乌贼的存在。它们的眼睛像晚餐的盘子那么大。

要是我有个儿子……

但是我并没有，只有已经长大的女儿。这些已经长大成熟的年轻女性，带着手机，根本没时间理会这些大自然中的怪物。我的两个女儿都在蒙彼利埃读书。要是她们表现出一点点的兴趣的话，我一定带她们去看深海海怪。但是男孩子不一样，男孩子绝对有时间去看巨乌贼。

我敢肯定，路易·德拉克斯也会想去看一看的。他养小仓鼠，但是却渴望着更具危险性的动物，像狼蛛、鬣蜥、蛇、蝙蝠之类的长着尖角、鳞片、吓人的皮毛、有破坏力的哥特式动物。他最喜欢的读物是一本叫作《动物的精彩世界》的儿童读物，里面的配图十分丰富。他能背出书中的大部分内容。

据他妈妈娜塔莉·德拉克斯说，他有一种生动却又十分古怪的想象力。他的心理医生马塞尔·普雷兹在他交给警方的证词中，将他评价为“一个现实的问题”。路易是一个梦想家，一个独行者。他难以分辨现实与虚幻。正如许多别的高智商、表达能力强的孩子一样，路易的在校成绩不太好，他在学校里无聊极了。与别的同年龄的孩子比起来，路易的身材较为矮小，那双深色的眼睛似乎一眼就可以把你看穿。每个人都说他是一个奇怪、了不起的孩子，而且还非常聪明。你也可以从这些人的话中，看出他们私下里也会觉得路易就是那种典型的“独生子”——被宠坏的孩子的代名词。但是当后来的事发生以后，不管人们对路易抱有什么样的看法，再也没人敢说路易的坏话了。

我总觉得如果我们见面的话，九岁的路易·德拉克斯会跟我很合得来。我们可以讨论自然界中许多奇妙的现象，也许我还可以教他玩一些卡牌游戏：扑克、二十一点、金罗美牌。我也是个独生子，我们有这个共同点。我可以给他展示一些我的颅相图，兴致勃勃地讲述一些人脑的作用，解释人脑的不同部位如何分别管理不同的神经冲动，告诉他管理讲笑话和说绕口令的人脑部位与管理代数和看地图的人脑部位完全不同。他肯定会很喜欢这些的。对，我敢肯定他一定会喜欢这些的。

但是这一切并不会发生。事情的发展已经完全脱轨了，对我们两个来说都是如此。就这么说吧，我完全看不到事情变好的迹象。

每个人都在改写历史，我一直以来都努力尝试这一点。我最喜欢的路易的故事的版本是：我做对了每一件事，也发现了事情的真相。但是那并不是事实，事实是我是盲目的，盲目到视而不见。

好天气不该与死亡一同发生。但是路易的最后一次意外发生的时候，是四月初一个美好的下午，阳光满满却十分凉爽。那是在奥弗涅山区，那里山丘起伏，十分具有野趣，是洞穴专家的最爱。他们经常来此探索，绘制几百万年前由地震和火山运动造成的地下洞穴系统的图纸。那里的裂缝绵延数英里，像是地球表面的伤疤一般。野餐的地点在蓬特罗尔城外靠近山边的阴凉处，周围还萦绕着野生百里香的清香。我怀疑，即使是那些忙着拍照、拿着地图到处搜寻的法兰西警察，也会被周围美妙的景色所吸引吧。峡谷的水流并不湍急，而是十分柔和，你可以听着水声慢慢入眠。有些法兰西警察甚至会想到，以后在某个夏日的周末再带着他们的家人来这里。不过他们不会提起自己是如何知道这个地方的，或是谈起发生在这里的那个灾难。

意外发生后，男孩的母亲悲痛欲绝，无法讲述事情发生的经过。但是当警方掌握了事件的大致情况之后，马上就调来了紧急支援小组搜寻掉下峡谷的男孩和他失踪的父亲。救护人员给德拉克斯太太注射了镇静剂稳定她的情绪之后，载走了她和她儿子破碎的尸体。她完全不肯放手。路易的手还那么柔软，但却已经冰冷，像是冷冻库里的面团一样。他跌落峡谷，峡谷那湍急的水流将他吞噬，然后把他一路冲到下游不远处一块凸出的石头上。警方就是在那里找到了他的尸体，全身像是被喷雾冷冻过了一样。他们对他进行急救，压出他肺部的积水，试图救醒他。但是一切只是徒劳，他已经死了。

我时常在想，德拉克斯夫人看到人们用吊车把路易吊上来，看到他那垂下、湿透的四肢和苍白的皮肤的时候，是怎样的感觉。她那颗可怜的心里在想些什么？显然她在不停地尖叫，像一个受伤的动物般号叫，几乎喘不过气来。他们费了好大力气才让她平复下来。救护车开走的时候，天空中灰色的积雨云正快速靠近这里，一场暴风雨就要来临。

据当时与她一起在救护车上的女警陈述，娜塔莉·德拉克斯在救护车上异常安静，几近冷静。我确定这时紧紧抓着已经死去的儿子的手的她，一定在祈祷。在危机面前，每个人都成了虔诚的祷告者，希望上帝可以与他们做最后一笔交易。她会祈求时间倒转，这一天太阳从未升起，他们所有的选择都被改变，所有说过的话都可以收回，所有的事情也都可以倒转回来。我也相信，在某种程度上，德拉克斯夫人一定也在为路易的事情自责着。她应该知道的，在所有人里面，她是最清楚事情经过的人，路易到哪里去了，他会遇到怎样的危险。她尽最大的努力阻止一件不可避免的事情的发生，也许她甚至还延缓了这件不可避免的事情发生的时间。但是她毕竟还是没有能力阻止它。

到了医院，她意识到自己应该赶快向警方做出证词。在药物让她沉沉睡去之前，她用一种死气沉沉的声音向警方补充了更多细节，那声音简直像是一个机器发出来的。她还以这样的声音回答了警方的所有问题，她是整个事件中唯一在场的目击者了。有一家人发现她在路边尖叫，打电话报了警。十分钟前，路易掉下峡谷，他父亲随即失踪。

那时暴风雨已经撕裂了整个天空，震耳欲聋的雷声响彻整个山谷。持续的暴雨让汽车不得不停在路边，等待着暴风雨的过去。现在回想起来，救护人员能够在暴风雨来临之前找到路易的尸体，是一件非常了不起的事情。两个小时之后，剧烈的暴风雨让救援行动变得不可能。到了晚上，警方则被迫全部撤出山区。

第二天早上，暴风雨已经过境，天空又是一片碧蓝如洗，将之前的暴力洗尽。警方回到现场拍照并扩大搜寻范围，他们找到了德拉克斯一家弃置的轿车——一辆全新的大众帕萨特，就停在离野餐地点半公里远的路边。汽车的后备箱里有一只仓鼠，这只仓鼠正疯狂地踩着转轮。警方拿走了现在已经湿透的野餐垫、野餐篮以及野餐区域的一些碎屑：杯盘刀叉、一保温瓶的咖啡、半瓶白葡萄酒、三罐尚未开封的可乐、已经浸湿的餐巾纸，奇怪的是，还有一包吃了一半的避孕药。我想他们没有找到的，大概都已经被大自然迅速地拿走了。蚂蚁们会直线前进，搬走还没有被雨水冲走的糖、盐和浸湿的残留碎屑。松鼠会找到一些还没吃完的花生，黄蜂则会在已经半溶的蛋糕碎屑和糖霜旁生气地嗡嗡叫。警方组织了严密的排查，还派出了蛙人在涨潮的溪谷中沿途向下游找了好几公里，都没有找到男孩的父亲皮埃尔•德拉克斯。他似乎凭空消失在了地球表面，仿佛被火山吞没一般。

那个悲剧的真相只有三位当事人才知道。在那三个人之中，一个永远不会知道事情的全部真相，一个隐藏起来，一个则死了。事情就是这样。如果不是奇迹发生的话，事情就将继续维持现状。

路易•德拉克斯的故事有许多开端。但是他掉落峡谷身亡的那一天，却是我们之间那无形的网络的开端。后来我把那一天标记为我的毁灭的开始，我那可能的事业的终结，我差点说成那是我“生命”的终结。奇怪的是，经过了这一切，我还是常常把这两个词混淆在一起。医院以及任何类似的医疗机构，都是世界上最奇怪的地方，里面满是奇迹、恐惧，又满是出生、悲痛、自动售卖机、死亡、血液、行政公文这些平庸的东西。但是对医生来说，又很容易在其中有一种家的感觉，医生们在医院里甚至比在自己真正的家中更舒适。如果行医是你的生计，或是别的任何原因的话，你就会有这种感觉。

直到有一天，一个像我一样的人意识到，在他所工作的医院之外，还有另一个世界，一个与他生存多年的世界完全不同的世界。那个世界里邪恶的逻辑能够将人抛至生死边缘，毁掉一切他所追求、尊敬、珍重、关心、获得、爱护的一切。在那时，生命开始扭曲。把磁铁放在指南针旁边，指南针就失去了功能，它会打转摇晃，不再指向南边。在我身上发生的事情亦是如此。当德拉克斯的案子放在我面前的时候，就像磁铁一样扭曲了我的指南针，强迫我把传统的道德观念抛诸脑后。你可以试着用正常的方式把它记录下来，但是你一定会卡住。我知道这是真的，因为这是我的切身经历。开头很简单：

病人，九岁男性，因跌落山谷后又溺水，导致头部和上半身有多处严重创伤，在抵达维希意外急诊中心时，就已经宣告死亡。尸体已经被运至太平间准备验尸……

到这里为止，都很正常，但是——

当天晚上十一点……

这里就开始不合逻辑了。情节很简单，男孩躺在维希综合医院太平间里，尸体已经十分僵硬，脚踝上还挂着他的名牌。外面依然雷声阵阵，每隔几分钟就有闪电划过。他的母亲娜塔莉·德拉克斯，被施以大量镇静剂，住在医院二楼接受观察。她被认为有自杀倾向。

太平间的一个员工，弗雷德里克·勒克莱尔正在清洗工具，他就快要下班了。正在那时，他听到一个声音。他敢肯定那不是雷声，而是在室内由人发出的声音。如他形容，就像是打嗝的声音一样。于是他转过身来，看到那个孩子的胸部在动，似乎是在抽搐。弗雷德里克很年轻，在太平间工作不久，但是他也知道此时早就已经过了尸体会有肌肉反射的时间了。值得赞扬的是，他并没有惊慌，虽然那时他觉得自己就像身处一部B级恐怖片（B级，指预算较低的电影。这类影片多为科幻、恐怖和警匪题材，低成本限制了它采用昂贵特技营造视觉奇观的可能，于是导演往往会在画面的刺激性上下功夫，大量暴力血腥怪诞的情节与画面成为此类影片的标志性特征）一样。他立刻呼叫了楼上的员工，医院立刻组织了救援小队。

当救援小队到达太平间的时候，那孩子看起来已经不需要他们的帮助了。他的心脏正常地跳动着，呼吸也十分正常，虽然还是有些费力。所以他们把他带到急诊室去检查他身上那些断掉的骨头，以及内伤。他们要把男孩的脾取出来。有一根断掉的肋骨有可能会危及左肺，也需要急做处理。同时他们也在检查男孩的颅脑损伤情况，并想办法以手术治疗。男孩的病情看起来非常不妙，但是毕竟他还活着。

签下死亡证明的菲利普·梅尼尔，被紧急召唤回来检查男孩的颅脑损伤情况。我和菲利普一起上的医学院，在那里我们结成了朋友。后来我们都专门研究神经科，之间就有了一种竞争的氛围。我们有时会在会议上碰到，那时我们会生硬地说上两句，以大力拍拍对方的后背，发泄一下对对方潜在的不满。我们有过一些争执，但是我可以确定地说，菲利普是一个思维十分缜密的好医生。他觉得时间是最宝贵的，总是会快速地做出反应，减少水肿的过程。扫描结果显示男孩颅脑损伤很严重，但是脑干完好无缺。脑部受伤最严重的情况就是颅脑肿胀，因为头部就像一个盒子一样将脑部装在里面。通过供氧和注射类固醇，菲利普已经迅速地给男孩降下了脑压。但是男孩还是没有醒过来，在格拉斯哥昏迷评分法的四至五分之间（八分以下即为昏迷，此处处于较深度昏迷中）。

我们不能说路易的起死回生是一个奇迹，因为我们是医生，医生不该这样不讲科学。真相应该是医生搞错了。但是说实话，我很同情菲利普·梅尼尔。在极少数儿科案件中，溺水和体温过低是会让病人看起来像是已经死亡了一样。如果要找一些委婉的说法来掩饰这次事件的话，我们可以说这是一个“意料之外的事件”，或是“之前误诊的结果”，甚至可以说是一个“非常罕见的现象”。但是事实就是男孩在被正式宣告死亡的两个小时后，又活了过来。到今天为止，世界上仍然没有一个人知道，这件事情到底是怎么发生的。我们没必要去深究涉及这件事情的医生们的境遇会有多糟糕，菲利普不是唯一受责的医生。很显然，那天整个医院里的人都疯狂了。每个医院里都有一种长久以来掩饰起来的妄想狂氛围：那天在维希医院中的那种氛围一发不可收拾。

不过，总得有个人出来把这个消息告诉男孩的母亲。但是他们决定先缓一缓，暂时不告诉娜塔莉。他们觉得现在叫醒她没有任何意义，要是男孩再次死去就更糟糕了——这是完全有可能的，毕竟他的颅脑损伤很严重。这件事一看就不会有什么好结果。但是当她醒来后，想要与儿子的尸体待在一起。这时男孩已经恢复了生命，他们不能再拖着消息不告诉男孩的母亲了。

“女士，您的儿子还活着。这样的案例很少见，但也不是从未听闻过的。我们不了解他是怎样……”

她狂喜不已，满眼含泪，却又有些迷茫。所有这些情绪一起袭来。当她以为儿子已经死去的时候，简直如同身体坠入地狱。而后一刻医生却告诉她，她的儿子就像拉撒路（玛丽与马萨的弟弟，被耶稣救活）一样，起死回生。她从这辈子最可怕的噩梦中醒了过来。

或许噩梦并没有结束。好消息是她儿子活了过来，但是坏消息是他有可能一辈子都不会醒过来，只会是一个“植物人”。这时娜塔莉·德拉克斯的脸色变得十分苍白，整个人都安静下来。我可以想象她那时的心境。她在救护车上一直祈祷着奇迹，向许久之前就已经放弃、从未信仰过的上帝默默祈祷。现在，事情就像她所祈祷的一样……

这实在是太不可思议了，她眨着眼睛双肩颤抖。

虽然病人的肺部和主要器官再次恢复功能，但是病人还尚未恢复意识，可是病情已经稳定并在不断好转。他一直躺在维希医院的菲利普·梅尼尔医生的神经科病房里，维持着昏迷状态，直到三个月后一次突然的痉挛导致他的病情急剧恶化。这个时候，按照正常程序，他被批准转到普罗旺斯的地平线医院。

七月十日，深度昏迷的他被送来，成了我的病人……

我的办公室里挂着一幅葡萄牙画家重画的《加尔与斯普尔茨

海姆颅相图》，就在我放置盆栽的那张桌子上方。画家灵巧地将人的头盖骨画成了自然的建筑，里面隔成一小间一小间，根据颅相学的概念，标上各个部位所控制的意念的内容：秘密、仁爱、希望、自尊、时间、持续性、父母之爱、永恒，等等。这是完全没有道理的，只不过比大脑真正的结构诗意了不少。大脑其实就是一个错综复杂的肉室，包括前额、颞（意为太阳穴）、顶骨、枕骨叶、硬膜、苍白球、丘脑、穹窿和尾状核。我还记得，在路易要来的那天早上，我看着这张颅相图，好像会从中找到医治的线索似的。

在更深入地讲述路易的故事之前，我要告诉你在那之前我是一个怎样的人。那时的我事业有成，觉得自己对研究的领域颇有见地，其实我只是活在生命的表层罢了。我以为自己见过生命的内涵，量过它的脉搏，知道其隐藏的运作方式。但是我其实并不曾见过生命的内涵，也还没有为其惊叹。这么说吧：那时我从事着自己喜爱的工作，也许我对工作的爱太多、太炽热。在那时我也有一些不足之处，那就是我的脾气、品性、盲点或是对心理学家那些各种各样的称呼。我不会道歉。事实就是，在那个夏天，那个世界已经崩裂的可怕夏天，我还是那时的我。

路易·德拉克斯抵达医院的那天，我家的情况不太好。那是一个闷热、将要下大雨的七月，普罗旺斯史上最热的几天。每天气温都高达四十多摄氏度，电视和广播中不断播报着预防森林火灾的警报。看来纵火季提前到来了。我坐在阳台上一边吃着早餐，一边翻阅前一天的《世界报》，厨房里突然传出了一阵杂乱的响声。自从结婚后，每当我做错事时，我妻子苏菲总会在从洗碗机中取出碗碟时，故意发出特别刺耳的声音。我知道自己不该再惹她生气，在八点的时候就早早出门去了诊所，都没有像往常一样与她吻别。但是正当我要关上前门时，她用力打开厨房的窗户，整个人像是瑞士钟表中的小鸟一样探出身来。她刚洗过头，头发还在滴水。

“你八点会回来吃饭吗？还是说我要再一次烧好饭，却只能一个人干坐一个小时，看着饭菜慢慢变冷？”

苏菲说的是前一天晚上的事，那天晚上我回到家发现她红着眼睛蜷缩在沙发上，旁边摆放着女儿们、她姐姐和她母亲寄来的卡片，祝贺我们结婚二十三周年。我却把这件事情忘得一干二净，尽管上一周我们的大女儿欧丽安还特地打电话提醒我，让我“和妈妈一起做点浪漫的事情”。我不仅什么浪漫的事都没有做，还在伤口上撒盐，那天下班回家特别晚，就算是以我的标准来说都非常晚了。那天我给病人讲述我在《美国神经学周刊》上发表的一篇社论，就忘了时间。

“这实在是太丢脸了，你就不能表示一点点的浪漫吗？”苏菲哭着说，一边清理着她准备好却一口未动的晚餐，“我开始觉得我们为什么不直接分开呢，帕斯卡？你宁可对着昏迷的病人大谈神经学理论，也不要和你的妻子说说话。看看我们俩啊，在这个空荡荡的大房子里喋喋不休，就像是一对……我也不知道，像是一对毫无目标的弹珠。”

苏菲非常恰当地比喻了现实，我意识到她一针见血地指出了我们的问题。我感觉很糟，也深切地表达了我的歉意，但是却没有被接受。最近这段时间我们的婚姻状况并不好，我们曾经很快乐，早早地生了孩子，组成家庭。然后，呃，也许这就是典型的婚姻状况吧：光芒四射的时光，唠叨怀疑，感情复燃，自鸣得意。苏菲过去在莱拉克的公共图书馆工作，她十分热爱这一工作，每天都以最大的热情去上班，这几个月来图书馆却面临着裁员危机。我们的两个女儿现在都在蒙彼利埃的大学上学，苏菲现在在家里非常沮丧，没有成就感。

我知道我爱我的妻子。但是我有多爱她？现在的空巢现象不仅仅让她怅然若失，我也有同样的空虚感，身体上和精神上都有。（我就不知道，为什么女人那么难懂得男人总是时不时地需要女性的躯体来温暖自己？惹了妻子生气后，男人要独守空房是多么不公平的一件事！）那个火热的夏天，甚至在路易到来之前，事情就已经在往不好的方向发展了。

我每天只要花五分钟就可以走到诊所。早上那明亮的空中还有一丝薄雾，空气中有一点野性的味道，似乎打猎的季节就要到来。我想那就是生命的味道吧。我很爱松脂和海盐混合的味道，它能让我头脑清醒，得以理智地思考我那动荡不安的婚姻。苏菲收到花朵就会平静下来，尤其是那种有玻璃纸和彩色丝带包装的昂贵花束。所以当我在上班路上，穿过一片橄榄树丛时，我下定决心要在晚上下班的时候去镇上的花店买一束花带回家，这样我们两个都会好过一些。医院就在前方，在阳光的照射下白得耀眼。诊所在其十九世纪的前身——痼疾患者收容所的石头墙外又添加了钢筋和白色的水泥。当我看到诊所的时候，我整个人雀跃了起来。当诊所的自动门打开欢迎我，我吸入了第一口寒冷的空气时，我处于极度兴奋的状态。

我的兴奋有一部分原因是他们要给我带来新的病人。这听起来可能有些奇怪，因为路易·德拉克斯还处于无可救药的深度昏迷中，但我却真的很期待与他见面。我并不会仔细阅读地方新闻版面，所以那时还不知道他的那次可怕的意外，但是我已经听说了他那神奇的起死回生的事情。尽管维希方面的公关做了很多工作，让事情的部分真相永远不会登在报纸上。起死回生的人并不会为医院带来什么正面影响。了解了男孩的病情之后，我对他的昏迷状况非常感兴趣。我可以试着让他有一丝苏醒的迹象吗，尤其是在菲利普·梅尼尔没能做到这一点的情况下？在我的研究领域，我渴望以意想不到的病人的病情好转，来超越别人对自己的预期。我的大部分时间都花在这件事上了。

谈到昏迷的时候，我是个乐观主义者。这些昏迷的人实际能够做的，比他们看起来能做的多得多。那些醒过来的人，虽然过程异常痛苦、缓慢且苏醒得并不完全，但是偶尔会做一些异常清晰的梦。那像是幻觉一样，时间颇长，梦中的人物是他们平时根本没有见过，甚至有些是连听都没有听过的人物。梦境中的情节栩栩如生，比穿过病房的那些低沉、乏味的噪音真实得多。甚至还有这样的案例——尽管很少，而且颇受争议——一对陷入昏迷中的双胞胎，可以用心电感应相互交流；母亲会在脑中“听到”她那昏迷不醒的孩子的声音。机器并不能捕捉到所有的脑部活动。如果我们认为机器能记录一切的话，那实在是自欺欺人。

所以当路易·德拉克斯被送来的时候，我也保持着同样的乐观精神。不过我得承认，当我看了他详细的病历之后，心情有些沮丧。他一周前发生了一次痉挛，那次的发病让他转到了这里。依照最近一次的心电图看，上次的痉挛让他的昏迷程度更深，已经离“永久性植物人”不远了。“永久性植物人”的患者一旦患病，多数情况下为肺部感染，大多数医生都会像我一样，与病人的家属沟通后决定不予治疗，顺其自然。病人从深度昏迷中苏醒过来的案例，并非前所未闻，但是没人指望他们真的会醒过来。

整个早上，我都坐在办公室里，听着外面马路上车子来来往往轧过路面的小石子的声音。其间诺埃拉一直进进出出，不是让我签一些信函，就是给我看之后病人预约的提醒，还给我看了我们的经理——盖·沃丹刚刚发来的有关如有火灾危险我们该如何紧急疏散的备忘录。我那患有厌食症的患者伊莎贝拉的父亲，埃里克·马萨洛特，过一会儿要来，我要抽出时间来与他见面。一个有着奇怪姓氏的警察打电话过来，等会儿会再打来。如果我想要为神经科订购一些新仪器的话，最迟在周四前要联系上新来的理疗师。我是否准备好了下周在里昂的会议中要用的演讲稿的幻灯片。我回答了诺埃拉的若干问题，也在她拿来的文件上签上了名字，但是我的心里一直想着那个德拉克斯家的男孩。

当救护车开进车道的时候，已经是早上稍晚的时候了。但是现在原本平静的天气起了变化，深蓝色的天空中突然刮来了一阵狂风，橄榄树叶随风飘荡，就像是搁浅的鱼一样晕头转向、任性多变。有的时候密史脱拉风（法国地中海沿岸地带的一种干冷北风）真的是会把你弄疯，有时它并不会带来凉爽的天气，只不过是把热气搅一搅罢了。今天的风有一种危险性，就像是凡·高自杀前一天画的那幅玉米田的画一样，有一种在外界生成却一呼吸就会直冲上脑的危险感。路易被放在一辆推车上推了进来。年龄，九岁，状况，非常糟糕。身着白衣的护士站在推车两旁，其中一个手里还拿着一个毛绒玩具。守候在路易一旁的是他的母亲娜塔莉，那瘦小却挺得直直的脊背让我印象深刻。她的姿态和那微微昂起的头，显示出她是一个“骄傲的受害者”。德拉克斯夫人的个子很小，有着介于红色和金色之间的浅色头发。她的脸细致精巧，有些小雀斑。虽然她不是那种让人一眼惊艳的容貌，但就是有一股魅力，有一点猫的感觉。

至于那个孩子——那个可怜的男孩，他有着深色的头发和睫毛，但是脸色却极为苍白，简直就像一个蜡像一般。他的皮肤似乎散发着亮光，让人想到在教堂里看到的那些已经去世的人的石雕。他有着完美的小手小脚，还有那梦幻般的闭起的眼睛。他的呼吸很浅，你几乎分辨不出他的呼气和吸气。

那时我只知道，路易在四月份的时候由于从高处落下而被判定为死亡，但是后来又不知为何起死回生。即使不是这样，也是从一个惊人的误诊中复生。不管怎样，这件事都十分诡异，已经几近怪诞了。根据我刚拿到的资料，这是一个非比寻常的医疗案例，再加上上周的痉挛，病人的整个状况很不好。这些信息只不过都是一些表面的信息罢了，对我来说没有什么特殊的意义。那时我还是一个与现在完全不同的人。我什么都不懂。

于是我这样一个什么都不懂的人就向德拉克斯夫人做了自我介绍，告诉她自己的工作就是尽一切可能帮助她的儿子，自己很高兴见到她。第一次的交流很重要，我需要眼前的这个女人相信我可以帮助路易。

她告诉我来到这里她松了一口气。她有着巴黎口音，话语中还带着一点哽咽，回应我的微笑不过是嘴角微微的抽动罢了。她身上喷的是一种我分辨不出品牌名字的香水，与她握手时，我感觉到她的手柔若无骨，仿佛身上的骨架都被悲伤融化了似的。我简直不忍去想这个女人所经受的悲伤。创伤后的压力可能会以任何的形式表现出来。她看起来十分茫然，这种表情在许多悲痛万分的病人亲属脸上也可以看到。

“这是我的荣幸，夫人。我们非常欢迎路易的到来。你可以看到，这是一个开放病房，目前有九位病人……”

我一边说一边观察着她。我习惯于研究面相。人的脸有着无穷的美与丑的潜力，具体要由脸孔之下的情绪而定。在德拉克斯夫人那张呈给世人观看的面具之下，一定有着无穷的孤寂和难以释怀也许永远也无法释怀的悲伤。也许还有羞愧，因为痛苦使人疏离，许多父母在这种情况下都有过这样的心路历程。

她对我说：“他已经处于稳定的昏迷期三个月了。”我们看着躺在白色床单上、枕着白色枕头、穿着白色睡衣的男孩的睡颜。他的腋下还夹着一个玩具——一只麋鹿，毛皮上还沾着许久以前的唾液。“然后一个礼拜前，他就出人意料地……就是因为那样我们才……”

她停了下来，似乎已经不该再用“我们”这个词了。她的手上没有戒指，只是还有一圈戒痕。

“这就是路易和我来这里找你的原因。梅尼尔医生对你的评价很高，推荐我们来找你。”

我们的眼神交会了，她的眼睛棕中带绿，有点像是冬雨之后的普罗旺斯的山丘的颜色，清澈，充满活力。想到她要独自面对这一切，我就很心疼，觉得我很有必要知道原因。

“你的丈夫，他……”

她惊慌不安地看着我，嘴角紧张地抽搐了一下。“你是说你还没听说皮埃尔的事情吗？也不知道路易是为什么会昏迷的？”她有些惊慌地问道，“他们没有……”

“我当然看过了路易的病历，夫人请放心。”

我的声音很平静，但是内心却有些不安。我是漏掉了什么信息吗？

“但是事情是怎么发生的，完整的故事……你没听说吗？警方没有……”

“我记得今天早上确实有一位警察先生打电话来。”我迅速答道，突然想到诺埃拉之前提到的事情。但是我能感受到她体内正在沸腾的情绪，是愤怒吗？“我想是因为跌落溪谷？”

我似乎触动了她极度痛苦的回忆：她的脸又绷得紧紧的，眼泪涌了出来。她转过脸去，在手袋里摸索着找纸巾。

“对不起，夫人。”我以为她此刻一定会向我详细说明事情的经过，但是她却没有。她用纸巾擦拭着眼睛，然后一眨眼就镇定了下来，然后改变话题告诉我她在镇上的安吉利斯街租了一间房子，想要参与路易的治疗过程。她能做什么？她能尽可能地陪在路易身边吗？这时，清洁工法蒂玛正拖过我们脚边的地板，我们往旁边移动了一点。我向她解释她需要放轻松，让她的儿子安顿下来，她自己也需要安顿下来。病患的家属常常会忽视了自己，但是这样其实对谁都没有好处。她也需要尽可能地快乐一些才好。

“你有什么特别喜爱的活动吗？在意外发生前特别喜欢做的事情？”

“我有很多路易的相片。这些年来总是想把它们分门别类装进相册里。”

“太棒了，这样你还可以展示给大家看。在这里你可以很快就与其他病患家属交上朋友。”

她看起来有些心神不宁：“我自从那件事之后就没怎么和别人说话了。”

路易那次不幸的事故的画面横在我们两个之间。

“那现在该开始说说话了，你说是吗？”

“好的，我想是该开始了。事情发生的这段时间我都与人疏离了。”

“你的家人、朋友呢？”

“我妈妈住在瓜德罗普岛。她一直想要过来，但是我继父患有帕金森病，病得很重。”

“就没有别人了吗？”

“基本就没有了。我有一个姐姐，但是我们互不来往，很久之前就闹翻了。有一段时间我们之间很平静，大家都在思考我们的关系为什么会变成这样。我很想知道我们为什么会疏远，还有她为什么与她丈夫分开，但是我不想那样没有分寸。”

“梅尼尔医生说你的方法会比较激进。得知这一点我很高兴，达纳谢医生。”她的嘴角又抽搐了一下，“因为我认为路易就是需要激进的治疗方法。”

我对她报以微笑，虽然我希望的是报以谦逊的态度，耸耸肩以示自贬。一个像德拉克斯夫人一样的女士，会因为别人对我的一些评价就对我另眼相看？我迅速地把这一想法压了下去，但是也没有快到为自己的无稽而感到羞愧的地步。和苏菲这样一个天天会充满爱意地提醒你你有多可笑的人结婚，就是会让你对自己产生许多怀疑。一想到这里，脑中就会浮现她那愉快的笑声。

“他有时会突然有一些生命的迹象。”她继续说道，一边温柔地抚摸着儿子的头发。我可以看出她对孩子的爱是那么急切、具有保护性。“有时他的眼皮会抽动，有时会叹气，有时还会咕哝两声。一旦他动动手的时候，就像是想要抓住什么东西似的。这样那样的小动作，会给你希望，然后又……这些设备……”她指的是胃造口术设备，以及连接着硅胶袋、从床单下一路拖出来的静脉导管。她停了下来，咬了咬嘴唇。咽了一口气，她知道儿子可能永远也不会醒过来。

她把儿子带来这里，可能只是来等死而已。

“我知道。”我轻轻地把手放在她的手臂上，与病人家属这样的身体接触是被允许的。“病人的一些细微的动作，都有可能被误解是苏醒的迹象，这是很不幸的一件事。但是相信我，这些小动作并不是病人主观做出的东西，而只是肌肉的抽搐现象，是不定时发生、不受病人控制的运动机能的表现罢了。”

我一边说，一边抚了抚男孩的眉毛，轻轻地拎起他的眼皮。他的虹膜是深棕色的，结膜是纯白色的，无神地躺在眼窝里。一丝生命的火花都没有。

她肯定早就听过别人说这些话。就像所有的病患家属一样，她会花很多时间仔细研究儿子的病情，与相关领域的医生交谈，从网上下载最新的医疗文献，沉浸于别人所写的一些有关丧子、绝望、虚妄地等待和奇迹般康复的故事。但是我们还是要走一遍程序。她需要打开心扉，与别人分享这些故事。作为回报，我也会告诉她我所知道的信息。比如说，这些机器并不能让昏迷的人苏醒，但是垂死挣扎是人之本性。

“看到那边那位拿着花的护士了吗？”我指向那个手中抱着一大束粉色牡丹、刚刚走进来的中年妇女，“那是杰奎琳·杜瓦，我们的病房护士，她已经在这里二十年了，就是我们的秘密药方。”

杰奎琳看到我们，挥了挥手，示意我们她把花放在伊莎贝拉的床边之后就会过来。她迅速而又十分优雅地把花插好，同时还一直对伊莎贝拉说着话。看着她的身影我就会微笑，她比我更会安抚病患家属。她知道该怎么接近家属，在正确的时候说正确的话，不该说话的时候就紧闭嘴巴。许多家属曾伏在她的肩膀上哭泣，要是我能甩掉自己的心理包袱的话，在伤心的时候大概也会那么做的。

“我读过你的意识累积理论。”德拉克斯夫人说道，“还有记忆触发和清晰梦境状态等，梅尼尔医生告诉我你相信很多别的医生不相信的东西。”这时杰奎琳正站远了，欣赏花瓶里的牡丹。

她终于吐露了这个仪式的真相，而我却会将残忍的事实毫不掩饰地展示在她眼前，让她失望。但是这时，杰奎琳过来了，她握了握德拉克斯夫人的手然后弯下腰来抚摸路易的脸颊。

“欢迎你，我的小宝贝，我会把你宠坏的。”

德拉克斯夫人被这种突如其来的亲密吓了一跳，似乎要说些什么，但是最后忍住了。不过用不了几天，杰奎琳就会赢得她的青睐。我表示我们应该走出病人听力范围之内，然后示意德拉克斯夫人走向病房里的落地窗前。我压低声音。

“我们很快就会回来，亲爱的。”杰奎琳说道，拍了拍路易的手臂，“你在这里肯定会很舒适的，年轻的先生。记住，你的愿望就是我的命令。”

我们三个人走向病房的落地窗前。“夫人，我要告诉您，关于您所听说的我的工作。我的成功率并不像人们想象的那么高。”我低声说道，“这个领域很微妙，会受很多因素影响，不完全是生理层面上的。所以夫人，请您不要寄予太高的希望。”

我们穿过落地窗，步入通往花园的露台。我试着忽略那疯狂吹动的热风，再一次被这片乏味的土地上所展现出的令人眼花缭乱的美丽而深深震撼。银色、品红、淡紫和白色的花叶由于风的猛烈冲击，一直在翻腾。但是德拉克斯夫人对花园的景色，或是正在远处捞着池塘里的水藻的园丁吉拉多先生料理花园的天赋，没有一丝评价。她的眼神充满了被抛弃的痛苦，她还没有准备好走出伤痛。我该怎么向她解释她的悲痛对儿子的康复完全没有好处呢？让自己从悲伤中抽离一小会儿，看看花园里的瓢虫，闻一闻夏日的玫瑰，并不意味着背弃儿子。我该怎么做才能让她那一直紧绷的脸颊绽放一丝微笑？这想法简直荒唐。我想象着苏菲无声的冷笑，清了清喉咙，后退一些避开前方炎热的风，重新在脑中整理思绪。

“杰奎琳，我正在和德拉克斯夫人说，像路易这样的状况，苏醒概率不太高。”

杰奎琳点了点头，用手遮住眼睛，以免受到烈日的暴晒。看得出来，她与我一样，还是有些拿不准德拉克斯夫人。“但是我们会保持乐观。”她说，“这样对我们大家都好。乐观可是一服很好的补药，我们将在这里尽一切可能让大家感到乐观。”

之后，她会给德拉克斯夫人说她儿子保罗的事情，并不是想要让她更加沮丧，而是让她知道，死亡只是离开这个世上的唯一方式。杰奎琳正是因为保罗才成为一名护士的。那是二十五年前，保罗那时十八岁，因遭遇了一场很严重的交通事故，昏迷了八个月后最终还是死去了。那时，她和这里的所有病患家属一样，忧心忡忡，不知结局究竟会怎样。我们两个比起来，她的待人接物水平显然更高一些，但是德拉克斯夫人似乎完全不在乎杰奎琳的存在，在她眼中，我才是专家。

“但是，达纳谢医生，你的方法！”她的语调变了，我没有预计到她会如此反复无常，“你的那些革命性的方法！”

杰奎琳和我对看了一眼。想必德拉克斯夫人是看了杂志上刊登的拉维尼亚·格拉丹和一些别的成功案例（《帕斯卡·达纳谢：活死人的拯救者》）。但是突然间，我似乎开始否定这一切。德拉克斯夫人看起来很受伤，感觉受到了欺骗。我让她失望了。是的，她很脆弱，非常脆弱。

“我的方法谈不上是非常具有革命性的。”我安慰地说道，“很多地方都在使用这样的方法，不得不承认这样的方法似乎确实会起作用。在某些案例中，其实康复与否与信仰、态度和心理状态有一定关系。但是我恳求你不要太过兴奋，不要期待得太多。我会尽我所能，我们都会的；但是想要你的儿子苏醒过来，大部分还是要看家人的作用，也就是你的作用。”

“德拉克斯夫人，你需要了解这一点。”杰奎琳轻柔地说道，“血缘关系和情感纽带，比我们所能做的要有用得多。他需要感受到你的爱和关怀。你在那里陪着他，他一定会感觉到的。”

当杰奎琳碰了碰她的手臂以示安慰时，德拉克斯夫人却畏缩了一下，轻轻地把手臂挪开一下，好像这样的触碰会伤到她一样。这样小小的痛苦动作，表现了她内心的挣扎。这样的场景十分常见，太多的同情，就会让你内心融化。

“当然，这只是我听说的罢了。因为我就是那样想的。”

她肯定是那么觉得的。路易是她的独生子，她已经什么都没有了，看起来异常孤单。难怪她的脸色看起来紧绷、苍白。

“告诉我，夫人。”我笑着说道，“您的儿子以前是怎样的一个孩子？”

“不要用‘以前是’，我想你的意思就是‘是’吧。”

我和杰奎琳又互看了一眼，她那坚定、和蔼的表现让我消除了疑虑，我说的那些话一定会被她圆滑地带过去。一周之内，杰奎琳就会把这个伤透了心的女士纳入她的羽翼之下，告诉她诊所的运作方式，让她也成为众多昏迷的病患家属的依靠和朋友。我一次次地看过她这样做，甚至有一些受到极重的心理创伤的家长也无法抵挡。

“夫人，我非常抱歉。我想你知道，如果我说短期之内会让路易的病情有显著的好转，那肯定是不明智的。但是我们肯定不会放弃希望。”

“达纳谢医生，你有想过路易会起死回生吗？那不是很罕见的一件事吗？我是说，除了在《圣经》上有说过之外……”

讲到这时，我迅速地打断了她。我不喜欢这次谈话的走向，她声音中的脆弱让我很困扰。

“这确实很罕见，非常了不起。但是你知道，死亡并不像人们想象的那么明确。曾经有其他的病人也是溺水后……我的意思是，生与死之间的界限很不明显。这有时确实会发生。”

我退后一步，感觉非常尴尬，拼命看手表。我该走了，这次的见面会谈接近尾声。杰奎琳也察觉到自己需要去别的地方，她解释说自己还要去帮伊莎贝拉洗头发。伊莎贝拉的父亲今天会来，这样他的前妻就可以暂时从女儿的病床前离开去休息一会儿。这是他这一年来第一次到这里来，他住在国外。

“德拉克斯夫人，我们待会儿再聊。如果你有问题的话，就可以来找我或是其他病房护士。再一次欢迎你的到来。”

“达纳谢医生，那并不只是侥幸。”德拉克斯夫人坚持说道。我们目送杰奎琳走出病房。“我希望你不是那个意思。真的不是那样的，我了解我的儿子，我知道他的能力。”

虽然我很想鼓励这个可怜的女人要积极一些，但是我真的不想和德拉克斯夫人就这个话题再说下去了。有时人们脑中的想法很奇怪。我望着一只赤蛱蝶飞舞着经过我们身边，弯弯曲曲地穿过一丛薰衣草，停在一株紫羽扇豆上。

“听着，请接受我的道歉。”我温柔地说道，“和我谈谈路易，我想要增进一些对他的了解。”

她噘起嘴巴，我想是默许了吧。也许是我们不太顺畅的沟通，让她的精神十分疲惫。她垂下眼帘，然后又望进落地窗，凝视着病房深处儿子的病床，好像还在消化最新的信息。她的金铜相间的头发在阳光的照射下熠熠发光，我想象着抚摸上这秀发的感觉，然后又为这样不恰当的想法感到内疚。为了赶快把这个念头压下去，我马上将思绪转向苏菲，我今天下午要选什么花送给她。百日菊，我要送给她百日菊。

“路易是个非凡的孩子。”她温柔地说道，“真的是个非凡的孩子。我们非常亲近，我不知道没了他我要怎么活下去。他出生以后，我们就……一直沟通着。我们一直都知道对方在想什么，就像是双胞胎一样。现在……”她忍着哽咽。

“现在怎么样？”我温柔地问道。

“我现在开始想……那件事发生后……”她停了下来，开始审视自己的手。她的手小巧、干净，指甲被精心修剪并涂上了粉红色的指甲油。这是个好迹象，虽然她现在心灵受到重创，却没有像其他人一样放纵自我。我又注意到了她手上戴婚戒留下的戒痕。“这听起来很愚蠢。”她说道，“而且非常迷信和无知，你不会指望从任何受过教育的人嘴里听到这样的话。但是如果你认识路易，如果你知道路易是怎样的一个人，还有他所经受的种种……”

“然后呢？”我问道。我忍不住了，就暂时允许自己的手轻轻地放在她那窄窄的肩膀上，以直视她的脸，弄懂她的表情。

“我开始相信关于我儿子的事。听着，达纳谢医生，他和别的孩子不一样，从来就不一样。我觉得……”

“怎么了？”

“我觉得我的儿子像个天使。”她脱口而出。

那双绝望的眼睛内又噙着泪水。

第二章

如果一个大人对你做坏事的话，你应该告诉另一个大人，一个你信任的人。

男孩不该让自己的妈妈哭泣，如果他们的妈妈真的哭了的话，男孩就应该去安慰妈妈，说：妈妈，很抱歉事情变成这样，让你一直这么担心，很抱歉我一直会遇到危险，很抱歉我在一个你看不到我的地方。我知道你试着阻止这一切的发生。我知道你说“一定要保护好他，一定要保护好他”。我知道你也这么做了。最后的意外并不是你的错。

男孩不该让自己的妈妈哭泣，尤其是在她生活困苦，外婆又住在遥远的瓜德罗普岛，不能来看她的时候。瓜德罗普岛上有种木瓜，木瓜里面的籽有些像仓鼠的粪便。在以前还没有古斯塔夫的时候，男孩不该暗中观察自己的妈妈，因为他会弄错事情，想一些有的没的，在脑中幻想一些情节，最终只会引来妈妈的眼泪。但是有的时候他就是忍不住，因为人不是CD上那些动物，他只要点击图片就可以让那些动物动起来，从中了解它们的栖息地、食物、生命循环以及它们如何生育下一代，等等。但是我还没有一张介绍人类的光盘，因为这样的光盘还没有人做得出来。所以我只能偷偷监视他们，听着他们做一些私密的事，比如说做爱（哦——哦——哦）、哭泣、吵架，或是谈论有心理障碍的孩子。

使用婴儿监视器是一个好方法。这可以防止你在晚上发生婴儿猝死症，即使你已经不再是个婴儿了。你可以一边坐在房间里面吃着内含覆盆子果干的麦片，一边用婴儿监视器偷听他们在厨房里的秘密谈话。你也许不知道要用什么方法才能把覆盆子变成那样，他们使用的是一种叫作冻干技术的特殊方法。

“我们应该把真相告诉路易。”爸爸说道，“很抱歉，娜塔莉，但是我最近一直在想这件事。”

“然后毁了他的人生？”妈妈说道。

“你太夸张了，他有权利知道，我宁愿他从我们这里听到这件事。他知道我们之间有问题。他总是会这样不可思议，感知到许多事情，瞧瞧他是怎样感知到你的情绪波动吧。反正他也会接受的，他知道我有多爱他，这不会有问题的。”

我放下勺子，默德还在踩着滚轮，我只好拿出一支铅笔塞住滚轮，停止噪音。因为我需要听清楚，但其实我可能并不需要。

“他会问问题的。”妈妈说道，“你知道路易的，他会一个问题接一个问题地问下去，直到问到一个你无法回答的问题。”

她的声音有些不稳定，她在想，一定要保护好他，一定要保护好他。她也许正在照镜子，大概是水槽边的那个。她在思考的时候，总是会照镜子，那就是她的思考镜。

“那就让他知道吧。普雷兹在呢，他会让路易处理好心理上的问题的。”

“你肯定不是在说我们应该把全部的事情真相都告诉他吧？关于让·卢克和……”

她照在思考镜中的表情，一定是恐惧的。

“不，肯定不会。我们显然不能告诉他全部的事实。”

爸爸可能坐在餐桌前，清理妈妈上个圣诞节送给他的瑞士军刀。他把军刀称为“大男孩的玩具”。这里面一共有十八种刀，但其实你连一半的刀的作用都不知道。妈妈背对着他，但是他可以从思考镜中看到妈妈的脸。

“那我们要告诉路易多少事情呢？比如说他是如何出生的？我们是怎么相遇的？天哪，皮埃尔，我不敢相信，你要做这样一件具有破坏性的事。你不觉得这个可怜的孩子本身就已经有够多麻烦事了吗？你知道他在学校里被起了什么样的外号吗？怪胎。”

“这也就是我要给他找个心理医生看一看的原因！”

“但是每次去看心理医生，还不是要我带过去？我才是那个被他逼得快发疯的人！”

然后我猜，她就再也不想照镜子了，因为她又开始哭泣。她每天至少哭一次，有时还会哭两次，因为作为一个心理不正常的孩子的母亲，很不容易。

“对不起，皮埃尔。但是我只是想说，不，我还是坚持。皮埃尔，我还是坚持认为我们不应该和路易说这个，他最好还是什么都不知道。如果知道了那些事情，他只会十分迷惑和不安。想想那些自己都觉得厌恶，我们再也别谈这个话题了。”

你不可以在卧室里面吃东西，也许正是因为这样，我才突然停止了咀嚼，什么东西也咽不下去了。也许正是因为这样，我才把口中的食物吐进了“恶魔岛”中，然后抽出铅笔，让默德继续踩滚轮。但是后来当我再回想这件事的时候，我觉得其实没什么大不了的。因为我早就知道我是怎么出生的了。就像恺撒大帝的母亲一样，医生不得不把我妈妈开膛破肚，用一个肉钩把我从里面拉出来，我们都差点死掉。所以这些事情不过是我早就知道的东西，根本不值得我去偷听。但是我在想让·卢克的事情。让·卢克是谁？自己都觉得厌恶的又是什么？

很多人认为那些意外是我故意搞出来的，当然不包括我妈妈，因为她知道我并不爱骗人。我并没有故意出意外，至少有些并不是我故意的。不管怎么说，我很幸运，因为我从来都不在乎别人是否相信我，尤其是肥佬普雷兹。

每周三放学之后，别的孩子不是去学画画，就是看电视，而我却要去肥佬普雷兹那里。他是个心理医生，却一点也不擅长看透别人的心思。如果想要惩罚他的话，你可以在信封里装上一些仓鼠粪便寄给他。不过他有可能会觉得那是木瓜的种子，把它们种在花盆里，因为他实在是太笨了。他会一直等着这些木瓜种子生长出来，但是它们永远也不会。有时我会大声数数，只不过是为了让他受不了罢了。一，二，三，四，五，六，七，八，九，十，十一，十二（这里用的是法语），或是用英语数 one，two，three，four，five，不过数到这里我就停下了，因为我不知道六该怎么说。

“这周有发生任何意外吗？”

“我点蜡烛的时候被火柴烫了一下。妈妈很讨厌我玩火，她害怕火，害怕蜡烛、篝火，但是我很喜欢火。我在操场上摔倒，膝盖擦伤了。然后昨天我的手上长了一个水疱，差点就感染了破伤风病毒。你看要不是在这里涂了膏药，我可能就要感染破伤风了。”

“你为什么会长水疱？”

我学会了一招，就是用舌头顶住上颚，咂一下。我时不时地就会这样来一次。这次的一下咂得有点响，但是肥佬普雷兹也没有说什么。“我是因为用小刀把手磨出了水疱的，那时候我在用小刀挖坟墓。”

“啊，来说说这个坟墓。”他的椅子嘎吱了一声，“是挖给你找到的小动物的吗？”

“我要是找到了一个小动物，不会杀掉它的，至少不会马上杀掉。”

“你的意思是……”

“我会让它和默德一起在恶魔岛里面生活。如果是一只老鼠的话，我会喂蛆给它吃，十六七天后再杀掉它。”然后我又咂了下舌头，这一次声音比上次还响。

“告诉我，这个坟墓是挖给谁的？”

“给一个人的。”

“给人的，什么样的人？”

“给一个住在马勒塞尔布街的大胖子挖的。”

“啊，那会是谁啊？”

看吧，胖子还真是反应慢！

“你发生的这些小意外。”肥佬普雷兹若有所思地看着我，“这些小意外并没有严重到要送医院，是吗？我的意思是，一点灼伤、擦伤和割伤。”

“那又怎么样？我就是个很容易发生意外的人。有些意外很大，有些很小。”

“那我们来谈谈那些大意外，那些让你受伤住院的意外。路易，我问你，你喜欢住在医院里吗？”

“我不喜欢受伤，很讨厌那一部分，但是康复的这部分的话我觉得还好。”

“为什么还好呢？”

“因为我不用上学，大人们会把你供起来。妈妈坐在床边，像对小婴儿一样对你说话，而你只要躺在那里听就好了。而且我想做什么都可以，因为妈妈很高兴，危险没有带走我的生命。”

“危险？”

我又咂了一下舌头，但是这次的声音并不大，而且我的舌头发出了嘶嘶声。“危险无处不在，危险总是伴随着意外。但是遇上了意外也不错，因为爸爸会带着大型乐高玩具来看我。他们还会给我良好的伙食，当然要看是哪家医院做的了。最好的就是在里昂的爱德华·赫里欧医院了，你可以吃到比萨和千层面，如果你需要的话，还有甜点和冰淇淋。因为里昂是法国的美食之都。”

“确实有人这么说。”普雷兹说。

“而且医院里通常还有任天堂和playstation游戏机（索尼旗下的游戏机）。”

“路易，你想要再回到爱德华·赫里欧医院吗？医院有的时候确实很舒适，不是吗？就像你说的，不用上学，还有好多人把你捧在手心里供着。”

我又咂了一下舌头，这次舌头没问题。

“你是不是有时候会觉得，其实住进医院里也挺好的？”

“你是说我是故意的？”

“不，路易。我从没那么说过，那不是我的意思。”

那时我把桌上那个放着贝壳和水的玻璃缸砸下去，看着碎片撒得满地都是，还有他那张大肥脸上的表情。

“告诉我，普雷兹先生。我是不是一个典型的心理障碍儿童？”

他笑了起来：“根本没有的事，路易。”

“那你现在是想表达什么？”我问道。他用扫帚、抹布和簸箕清扫了满地的碎玻璃和水之后，在他的伤口上贴了一个创可贴，然后打电话给我妈妈告诉她我们今天的疗程会早点结束。

“路易，你砸玻璃缸的时候在想着谁？”当我妈妈还没来的时候，他又问道，“你的愤怒是因为谁？”

看，又来了。他总是会用“愤怒”这个词，“你的愤怒”。为什么他就找不到别的词来形容这种感觉呢？为什么他就不能用“厌恶”呢？

门铃响了，意味着我们马上就要没时间了，所以我问道：“是不是有一种药，女人吃了以后就不会怀孕生孩子？那种药装在一个绿色的包装袋里藏在隐秘的地方，一共二十一颗，每天吃一颗？”

他看着我，好像我就是一个怪胎一样。

“是的，路易，确实有这样的药，叫作避孕药。你为什么会问起这个呢？”

“我就是想知道罢了。我和别人打了赌。”

“和学校里的同学吗？”

“是学校里的齐达内老师。我说有一种药可以阻止小孩子的到来，他说没有。”

他想了一会儿。

“路易，你有吃下这些你找到的药丸吗？”

我也假装思考了一下。思考，思考，思考。然后我又咂了一下舌头。

“有可能，要是吃了会怎么样？”

妈妈说孩子需要规则、需要确确实实的规定：

“应该对孩子说实话，孩子也应该说实话。他们应该据实告诉医生自己为什么会出意外。他们不该乱编故事，以吸引别人的注意。你不知道，作为一个总是会出意外的孩子的母亲，是一件多么艰难的事情。你整天心都悬着。大人有时也会做坏事。如果一个大人对你做坏事的话，你应该告诉另一个大人，一个你信任的人。我永远都会在你身边的，路易。我现在就坐在你的床边，如果我这样捏捏你的手，你可能会有感觉的。”

“你不用听她说的话。”古斯塔夫说道，“你可以把那一头的开关关掉，别听她说话。告诉我你的故事，年轻的先生。”

“有一天，发生了一件事。”

“在哪里？”

“巴黎的迪士尼乐园度假村。”

那是在一个冬天。天气预报说今天早上的平均温度是十二摄氏度，下午会上升到十五摄氏度。南部有风吹来，遇上北部的低气温，这就意味着明天会有百分之六十五的概率下雨。所以周一的时候请记得带好雨伞。巴黎的迪士尼乐园以前叫作欧洲迪士尼。但是爸爸说名字中的欧洲那部分没什么用，只有迪士尼的部分才有用。所以后来就去掉了欧洲二字，改成了巴黎迪士尼，之后又变成了巴黎迪士尼度假村，让人们可以在里面喝酒。然后咒语一念，人们就蜂拥而来，因为旅游手册上说这是一个有着众多城堡的美丽王国，尤其是发现王国中的太空山和其独特的氛围。这里适合全家出游，大家一起来享受魔法梦。就算你们不是真的一家人，只不过是爸爸妈妈、一个小男孩和一只仓鼠。我和爸爸从里昂一路坐高铁过来，周末住在圣塔菲酒店，让妈妈和默德休息休息。因为我们两个是男人，有时男人在周末可不是什么好伙伴，会让你十分头痛的。

在奇幻王国，旅游手册上说：“你可以漫步穿梭于东方市集，欣赏阿拉丁世界的异域氛围，然后跟随着手鼓的旋律，来到加勒比海地区。”我们按照指导做了，那时到处都是圣诞装饰，爸爸把我扛在他的肩膀上，尽管那时我已经太大太沉了。阿拉丁世界里有人发生了意外，所以我们只能在冷风中，排队去看位于奇幻岛的瑞士鲁滨孙一家人住的巨树。鲁滨孙一家人受困于一个热带小岛上，要在树上盖房子。我们正要爬楼梯到树上去的时候，有一个女人的声音说道："皮埃尔，是你吗？"

我立刻就感觉到爸爸牵着我的那只手变紧了，好像那位女士会把我从他身边偷走似的。他把另一只手放在我的肩上，然后我们停了下来，没有上楼梯。那位女士和一个男人在一起，还有两个比我小一些、看起来像是双胞胎的中国女孩，还有另一个胖胖的小婴儿，并不是中国人。我们挤在一起，旁边还有人越过我们爬上楼梯。

"嗯。"爸爸说，"真巧啊。"

他看起来快吐了，但是他和那位女士互吻了脸颊，好像一切都很正常一样，然后我们就走了回去，这样大家都可以顺利通过。

"这一定是路易了。"她说，"你好，路易。"

她弯下腰，我吻了吻她的脸颊，她也吻了吻我的。她闻起来有一股香草的香气，嘴唇柔软，但因为冷风有些冰冷。突然间好像明天或是后天就是圣诞节了，而不是两个礼拜后。

那位女士用那淡蓝如游泳池水般的眼睛注视着我，但是我什么也没说。我以前没有见过她，所以不知道她为什么会知道我的名字。可能她在我还是个小婴儿的时候见过我。她穿着一件红色的大衣，戴着红色的耳环，脸蛋很漂亮，发色略黑却不像那两个咯咯笑着、好像有什么很好笑的事情发生的中国女孩的头发那么黑。也许她们是在笑妈妈硬要我戴的那双手套，所以我把它们脱了下来，塞在口袋里。然后她们那也不是中国人的父亲握了握爸爸的手。

“我是艾力克斯·福尼尔。”他说道。

“我是皮埃尔·德拉克斯。”爸爸说道。

我很想知道，为什么爸爸妈妈都不是中国人，女儿却是中国人。

“你就是那个有名的皮埃尔·德拉克斯啊。”

爸爸对于自己是那个有名的皮埃尔·德拉克斯，似乎并不高兴。

“我不知道你很有名，爸爸。”

“这只是玩笑话。”爸爸迅速说道。

那位男士一直看着爸爸，然后他又看了看那位女士。然后他点了点头，好像弄懂了什么，也许是弄懂了一种很难组装的乐高玩具。然后他又说道：“我可不能说，自己没有听说过很多关于你的事情，皮埃尔。”

“这是我们的孩子。”那位女士假装灿烂地笑着，握着艾力克斯的手，“这是梅，这是萝拉，这个小宝宝是杰罗姆，他三个月大。”

“恭喜。”爸爸说道。

“你怎么样？”那位女士问道，“家里还有其他孩子吗？”

“没有，只有路易。”爸爸说道。他们对视了很久，直到女人的丈夫清了清喉咙，似乎要开口说话却没有。

“路易的妈妈怎么样？”那位女士问道。

“娜塔莉很好，谢谢你。”爸爸说道，“她今天不能和我们一起来。”

“因为我们惹得她头痛了。”我说道，“有的时候，男人真的会让人受不了。”

“真可惜。”那位女士说道，她深深地看着爸爸。爸爸让我把手套戴上，不然我的手会冻僵的。我问为什么她的孩子是中国人。他说我不该这么没礼貌。但是那位女士说这并不是没礼貌，他只不过是好奇罢了。她说她们出生在遥远的中国，问我有没有听说过领养，她认为我应该听说过，认为爸爸妈妈应该和我解释过领养是什么。但是我告诉她我并不知道。说到这里那两个中国女孩又笑了，好像这很好笑一样。那位女士看了看爸爸，又看了看我，迅速地说，两年前她和艾力克斯从中国领养了这两个女孩，后来又得到了意外之喜——杰罗姆出生了。

“这是个意外事件。”她整张脸都高兴得涨红了。

“我们一点时间都没浪费。”那位男士也开心地说道，“一年就有了三个孩子。”

他看起来很骄傲，好像刚中了大乐透一样。他好像在对我爸爸说：“看到了吗？我有三个孩子，而你只有一个。我还有两个女儿，谁都知道中国小女孩可是比心理障碍儿童好多了。而且我们还有一个有着肥肥的红脸颊、吸着奶嘴、戴着兔耳朵帽子的可爱小宝宝。”

“现在我们家有五口人了。”那位女士说道，“家里已经有点住不下了，我们希望尽快可以搬家。兰斯（法国东北部城市）那儿有一个公司找我去。艾力克斯昨天得知自己也可以被调过去，而且还会被升为地区经理。所以今天我们出来庆祝一下。”

“你一切顺利，我很替你开心。”爸爸说道，“你值得拥有这样的生活，凯瑟琳。”

她看起来像个好人，但是我不知道为什么爸爸看起来这么难过。她讲得越多、笑得越多，爸爸看起来就越难过，他突然看了看表，好像被现在的时间吓了一跳。

“我们该走了，我的小宝贝。”他说道。

是啊。“那瑞士鲁滨孙一家人的那棵树怎么办？”我问道，“我们可以和他们一起爬上去。”

那两个中国女孩还是在咯咯地笑着，但是我已经不在乎了。她们眼睛的形状像叶子一样。反正我也不想和她们一起玩，因为女孩子都糟透了，我知道她们在笑我的手套。虽然我已经把手套放到口袋里了。

“排队的人太多了。”爸爸说，“我们先去吃点午餐。我看到那边有卖棉花糖的。你吃完午饭了可以吃一支。很高兴遇到你们。”他对那位女士说，“很高兴你一切顺利。祝福你们，再见！”

这次他们没有亲吻，而是握了握手。爸爸先和女士握了握手，又和男士握了握。那个男人看着爸爸的样子，好像爸爸是个小偷，想偷他的东西一样。我倒是想留下来和中国女孩一起爬到树上去看一看，尽管她们一直笑我的手套，而且她们是笨女生，但是爸爸把我拉走了。他用力地拉着我的手臂，拉得我有点疼。要是我的手被拖久了，我就要去医院，我想还是别去比较好。因为我向妈妈保证过，如果觉得有危险的话，就会告诉一个我可以信任的大人。觉得自己不太安全的时候，总是该这样做。当我回头看的时候，一个中国女孩挥着手，那位女士和男士牵着手。爸爸妈妈并不会牵手，或是亲吻，因为亲吻很愚蠢，而且有别的表达爱意的方法，比如负起养家的责任，不让家人失望。但是有的时候我很希望他们会亲吻牵手。

在爸爸没看到的时候，我把那双孩子气的手套塞进了垃圾桶里。午餐的时候我们吃了一种叫塔可的墨西哥快餐，吃起来像是加了薯条和番茄酱的硬纸板。爸爸的脸色很奇怪，他一直叫啤酒，握着我的手说他很爱我，我说我也爱他。但是我知道事情有些不对劲。

“那些人是谁？那位女士是谁？”

“就是我过去认识的人。”爸爸说，“我们以前是朋友，很好的朋友。事实上，”爸爸握住我的手说，“我以前没有告诉过你这些。妈妈跟我说觉得没有必要让你知道。但是，我不这样认为。我以前和那位女士结过婚。”

“结过婚？”

“是的，很久以前了，婚姻维持了三年。”

“哦。”

“路易，很抱歉告诉你这些。你会不高兴吗？”

“不会，我为什么要不高兴？因为你现在是和妈妈结婚的。如果你们没有结婚，就不会有我了，是吗？你就会有中国小孩，和一个吸着奶嘴、戴着兔耳朵帽子的小宝宝。”

他什么也没说，只是若有所思地看着我。

“对，有可能。我也不知道我会有什么。”然后他又叹了一口气，“不过别告诉妈妈我们遇到了凯瑟琳，好吗？”

“为什么呢？”

“嗯，”爸爸说道，拿起一根薯条吃着，“你知道你妈妈的。”

确实是，妈妈对爸爸和其他女人很敏感。她不喜欢爸爸和她们交谈，爸爸和她们交谈会引来麻烦。男人总是会让女人很失望，一次又一次的。他们生来就是要让女人失望的。然后我们用手抓着薯条吃了一会儿，然后我告诉他一个我想要的新模型飞机，翼展有一米长。说罢我就打翻了桌上的可乐，爸爸招手示意服务员过来打扫。

“什么是领养？”我问爸爸。

来清理卫生的是一个黑人，脸上并没有皱纹，不像电视节目《残酷的成年礼》中里昂市场里那个卖贝壳项链的人。他在拖地的时候，爸爸说领养的意思就是，如果你自己不能生小孩，就去领别人的孩子做自己的小孩。那些人的父母由于太穷或是自己顾不过来，就把孩子给另一对不能生孩子的夫妇。那对中国女孩就是他们领养的孩子，因为凯瑟琳以为自己不能生育。但是当他们领养了两个中国女孩之后，她生下了自己的孩子。

“所以说那是因为她吃了那种让人不会怀孕的药才不能生孩子的，对吗？”

“不是的，她是想要生孩子的。不想生孩子的人才会吃那种药。”

“所以这就是妈妈吃那些药的原因吗？”

他看着我，眉头皱了起来。

“她不吃那种药的。她会吃一些维生素和别的药，像叶酸之类的东西。你看到的大概是那些药，这是不一样的。”

“那你和妈妈为什么不再生一个宝宝呢？我已经厌倦了仓鼠，厌倦了我们家人这么少，只有你我和她。为什么我不能有个弟弟呢？”

“我们想生的。”爸爸说，“我们非常想要生的，相信我，我的小宝贝。我们在努力。”

但是他看起来似乎生病了，脸色苍白又有些发黄。

事情迟来意味着霉运。到里昂的高速列车晚了四分半钟。不到事情发生的时候，你不会知道自己已经霉运当头了。

“什么意外都没有发生！”爸爸在厨房里和妈妈说我们在迪士尼乐园发生的事情，她正在用搅拌机做面团。要是有谁说她不会做饭，比如说露西，那她一定是在说谎。

妈妈生气地看了他一眼，因为他们不像那对有着中国女孩的夫妇那么相爱。也许他们互相憎恨，也许他们只想离婚，但是他们不可以，对吗？他们不能离婚，因为有我。

他们不能离婚，因为我不会让他们离婚的。你就看着好了。

“我们在迪士尼乐园遇到了一家人，爸爸认识那位女士。”我说道。

妈妈确实在吃避孕药，我看见过她从梳妆台的抽屉里面拿出药，打开一个，然后吞了下去。那种药她有很多，多到数不清，还有月见草油、安眠药等许多其他药。如果男孩吃了避孕药的话，可能胸部就会开始发育，因为肥佬普雷兹说那种药里有雌性荷尔蒙，你有可能会因此变性，就像电视上放的一样。我看过一个节目，上面说你可以做一种手术，就可以从男孩变成女孩，让你不会成为一个强奸犯。付上五万欧元，然后他们就会把你的小弟弟切掉。

“来跟我说说这家人，路易。”妈妈说道。她声音冰冷，爸爸把这种声音叫作“冰之声”。冰会发出的那种丁零的声音。“爸爸认识的这位女士是谁？”

爸爸从餐桌旁站了起来，开始把盘子从洗碗机里拿出来，叠起来放进碗橱里。

“她有两个只会傻笑的中国女儿，她们是被收养的。还有一个不是收养的小宝宝，戴着一顶有着傻兮兮的兔子耳朵的帽子。”

“那是我以前的一个同事。”爸爸说道，从洗碗机中拿出刀叉，“是法国航空公司的人。”

他打碎了盘子。

“什么部门的？”

“哦，人事部的。”

“那位女士漂亮吗？”妈妈问道。

她在问我，但是眼睛却怪怪地看着爸爸。但是爸爸背对着她，又打碎了更多的盘子。也许他是想到了冰被打碎时发出的声音吧。

“是的，很漂亮。但是我们很快就走了，爸爸说我们要走了。但是其实我们并不需要走的。我们去一家墨西哥餐厅吃午饭的时候，我其实还不饿呢。”

“我知道了，墨西哥菜。”妈妈说。

她还是看着爸爸，但是爸爸在检查杯子是否干净。

“路易，去看一会儿卡通片好吗？”爸爸说道。然后他悲伤地看着我，好像他不是那个杀人机器，而是一只害怕的猫咪。

我不知道自己为什么会和妈妈说在迪士尼乐园遇到的那位女士。我没有说她是谁，我没有说她叫凯瑟琳，我也没说爸爸以前曾与她结过婚。但是也许她都已经知道了，现在他们就要开始吵架了。当我在看《玛德莲》的时候，妈妈正在对爸爸大喊大叫，而爸爸试图让妈妈平静下来。

“是她，对不对？你撒谎了！你为什么要撒谎？”妈妈大喊道，“老天啊，你为什么就不能说实话呢？”

爸爸说了一句话，但是声音很轻，我听不见是什么。

“你还会再见她的，对不对？你要去向她表白了。好的，去吧，去表白吧，如果这就是你想要的。路易和我不需要你。”

他又低声说了什么，想要让妈妈冷静下来。然后我听到了妈妈的声音：“如果你真的感到这么内疚的话……你敢！我真希望从来没有……这样你们俩就都满意了。流血的心……让你快乐。要这样生活下去。别怪我……这是你的错误，不是我的！”

当我把这一切都告诉古斯塔夫的时候，他什么也没说。你永远也不会知道，古斯塔夫是会回答你，还是会一直咳嗽，直到咳出水草来。但是他什么也没做，甚至连动都没动。他今天过得很不好，从绷带里面渗出的血比平常更多，鲜红鲜红的。我觉得他可能在绷带后面哭泣。我有告诉过你他的整个头都包在绷带里面，像个木乃伊一样吗？我有告诉过你他没有脸吗？我有告诉过你他住在我的脑海中吗？

他的情况越来越糟糕了。他最近一直在告诉我，他时常被困在一个黑暗的地方。他越来越饿，但是那里没有任何食物。不过反正他也没有嘴，因为他的脸早就被吃掉了。血从绷带中渗出来，流经他的脖子，像是一条条红色的小溪。在绷带之下，他正在步入死亡。

“再跟我说说你的故事，小先生。”他说道，“在我走之前。”

所以我把肥佬普雷兹那肮脏的秘密告诉了他。

有一次，我和他一起在他那个位于格拉特席耶勒区吓人的公寓里，他去厨房给我拿可乐。因为我总是要喝可乐，没有可乐的话我就拒不配合，有的时候我还要吃糖。当他去厨房的时候，我就到处翻看，看看他最近有没有买什么新的东西。我把所有的抽屉都翻了一遍，还把垫子下面都看了一遍。因为有的时候你可以在垫子下面找到硬币，有时还会找到十欧元的钞票，有时还能找到三甲级电池。你可以偷偷把这些东西拿走，他从不会发现。这次我找到了一个很大的新东西——望远镜。

太酷了。

我调整了一下望远镜的焦距，直到看东西的时候不再模糊。外面在下雪，你可以看到雪花像是被撕碎的纸片一样从空中飘落。我想要知道音乐声是从哪里来的，因为当你在放《什么都别说》的时候，你可以听到音乐的重击声，以及一个女人大声喊着“一，二，三，捏一捏那臀部的肌肉吧，女士们，我们想不想要那些臀部这么坚挺？”

“你在干什么，路易？”肥佬普雷兹问道。他拖着肥胖的身躯走了进来，手里还拿着我的可乐。

“你在里面放冰块了吗？告诉我你用这望远镜来干什么，我就会把它还给你。”

“是的，我放了三块冰。望远镜是用来观察远处的东西的，比如说鸟。”

“什么样的鸟？”

“嗯，在城市里，你可以看到鸽子和八哥，有时还能看到苍鹭。”他说道，“它们来捕食池塘里的锦鲤。”

我看着他，他是很模糊的。但是当我又调整了一下望远镜，想看清楚他的脸的时候，我发现他在笑，手向前伸着想要把望远镜拿回去。但是我还没玩完呢。

“你真是个变态，不是吗？”我说道，“你是用望远镜来看女士换衣服、做运动的吧？你看看她们的屁股，又看看胸部。我说得没错吧？”

“路易，我觉得我们应该开始治疗了。”

“你看着那些裸体的女人，然后自慰。你真是一个强奸犯。”

“一个什么，路易？”

“强奸犯。”

他坐了下来，看着我，那眼光好像我是个怪胎一样，正如我在学校被称作怪胎时，同学脸上的表情。他的脸又变得模糊一片。当我看向他整个人的时候，又是非常模糊的。但是我看到他对我露出了诡异的微笑。

“再跟我说说有关强奸犯的事情，这不是你第一次提到这个词了。你知道一些关于强奸犯的什么事，路易？”

他应该去查查字典，不是吗？我只不过是个小男孩。窗外的雪花一直在飘洒，有的时候往上飘，这里有一种风叫作“上升的热气流”。一直看着这些像是被撕碎的纸片的雪花，你会头晕的。

当你头晕的时候，你就会晕倒。我在电视上看到过一次强奸犯，我那时并不知道那是什么意思，但是妈妈的脸色很奇怪。她和爸爸对视了一眼，然后都把手伸向了遥控器。爸爸先拿到了遥控器，关掉了电视，然后两个人都用怪怪的眼神看着我。

“强奸犯是什么？”

“是很坏的人。”爸爸说，然后他的脸就红了。妈妈什么也没说，她只是走进了厨房，然后开始切那些会让她流泪的洋葱。

“我永远不会变成一个强奸犯的。”我这样告诉肥佬普雷兹，“因为我要么就会有胸部，要么就会死掉。”

但是在有胸部这一点上，我错了，因为那些避孕药并不管用。你把它们放在口袋里，早饭也吃，午饭也吃，晚饭也吃，就连野餐的时候也会吃。那药吃起来完全没有味道，就算你把它们咬碎也吃不出任何味道。过了几周，你还是个男孩，没有长出胸部，就连一点点也没有。所以肥佬普雷兹在撒谎。他在玩“总是说谎”的游戏，这个游戏是大人的秘密游戏之一。他们有许多游戏，就像孩子的游戏一样，有许多秘密规则。比如说“沉默之誓”，就像是大人的“什么都别说”，还有“极端惩罚”“假装你不恨他”，等等。这样的游戏很难玩。你一定要非常擅长做情感工作才可以。

“爸爸其实不是我的亲生爸爸。我是被收养的孩子，就像那些中国女孩一样。”

“啊。”肥佬普雷兹说道，“这个想法很有趣。孩子有时确实会有这样的想法。那你妈妈呢？”

“她是我的亲生妈妈。”

“你怎么知道的？”

“因为她在生我的时候差点死掉。医生不得不把她开膛破肚，把我拉出来。我们差点一起死掉，葬在一个双人棺材里。你可以从网上订到这样的棺材。”

“所以妈妈是你的亲生妈妈，但是爸爸收养了你。是有人告诉你这件事，还是只是你自己这样想的？”

“没人告诉我。”

“那你怎么知道的？”

“我就是知道。他收养了我，就像那些中国小女孩一样。那些中国小孩的父母没有办法照顾她们，所以她们就来了法国，与另一家人生活在一起，还会嘲笑别的小孩的蠢手套。”

“我知道了。所以你认为谁才是你的亲生爸爸？”

“我没有亲生爸爸。”

“每个人都有一个亲生爸爸。”

“嗯，我就是没有。”

他睁着那双有些斜视的猪眼睛若有所思地望着我：“如果你可以再选一个爸爸的话，你会选谁？”

我假装思考了一分钟，也把眼睛瞪得像猪眼睛一样，想啊想啊想啊。然后我就说：“是的，是有这样一个人。普雷兹先生。就是你。”

他望着我，好像马上就要吐出来一样。

“是吗？”他说道，声音很虚弱沙哑。

我看着他的样子，简直要笑翻了，我笑啊笑啊笑啊。

“这下可抓住你了吧！”

我笑得简直停不下来，我越笑他就越讨厌我这样的行为。但是他什么也不能说，因为他是收了钱的。你知道肥佬普雷兹吗？我觉得他真的应付不来怪胎。当妈妈来的时候，他们就会在厨房里说话，把我一个人丢在客厅里看《字母和数字》。但是当他说了一会儿以后，妈妈的声音就冰冷了起来。我用遥控器把电视的音量放大，因为我很讨厌这种声音，我得一直把声音调高才行。当她走进房间来接我的时候，她还是很生气，嘴角疯狂地抽搐着。妈妈有时确实会这样。

在回家的过程中，妈妈说她和普雷兹先生小聊了一会儿，因为他似乎有一些很奇怪的想法。那时我就知道普雷兹一定在说谎，他曾说过我们的对话绝不会外传，因为这是我们的秘密。

但是你看，他告诉了妈妈不是吗？他和别人都一样，都是说谎精。他们都在玩电视上“假装你不恨他”的那一套。他们都在演戏。我应该相信他们，就像我应该相信爸爸是我的亲生父亲一样，但其实他也在玩“假装你是他的爸爸”那一套。这就说明他是个超级大骗子，也是当他从巴黎打电话来，我再也不想和他说话的原因。我再也不给他写信了，我开始恨他，因为他做了一件很糟糕的事情，他让我很失望。

▶ 第三章

也许人确实需要一些幻想，以应对这样的惊吓。

我小的时候会梦游。妈妈总是会在奇怪的地方找到我。我第一次梦游的时候只有四五岁，妈妈在花园里发现我正在找东西。而当她问我在找什么东西的时候，我回答说，我在找“它”。之后我继续梦游的时候，我还是会找这个无法辨认的“它”，有时在花园里，有时在邻居家的土地上，有时在邻近的沙滩上。

如此的梦游事件让我的父母很担心。当他们隔天早上告诉我的时候，也让我很是不安。奇怪的是，我觉得这样的行为也非常让人惊奇，身体中的一部分居然可以在我不知情的状态下，对我的身体施加命令。事后我都会忘记梦的内容，但是当我醒来的时候总是感觉有些昏昏沉沉、无精打采，好像我之前为了造访地图上的某处历经千辛万苦，心理和生理都非常疲惫。

梦游成了我生活中一个日渐常见的行为，在我青少年的时候到达了最高峰，那时身心都在快速地变化着。我的青春期，由每天的自我震惊、性幻想和床单之下频繁的自慰组成。那时我几乎每天都会梦游。再也没有走到海滩那么远了，但有时我会醒来，发现自己在邻居家的谷仓里，或是自家的储藏室里。储藏室里还有我父母存放着、准备日后流行再拿出来摆放的古董。让人惊奇的是，我在梦游的过程中从来没有出过意外。我的梦游似乎完全是良性的，大家也都渐渐接受这大概会是一种我日后长大就不再拥有的特殊行为。不过事实确实是这样。当我离开家，开始作为一个医学院学生来生活的时候，梦游已经渐渐远离了我的精神生活，就像是我小时候的拍立得照片一样，渐渐褪色。

但是这唤醒了我内心的一股冲动，虽然回忆已经有些模糊，但是这股冲动从来都没有离开过我。这样一股好奇心驱使着我总想重返地图上那些、我曾在梦游中去不安地追寻过“它”的地方。与那些对神经学中的精神病方面非常感兴趣的人一样，我师从医学院的弗兰克教授。但是最终我最感兴趣的方面，并不是清醒状态下的人的脑部问题，而是不清醒的状态下的人。所以当我离开巴黎的时候，我决定专攻昏迷。这就是我为什么现在在普罗旺斯的原因。除了菲利普·梅尼尔，其他医生都认为这是一个得不到任何感谢的工作。因为我们只是在照顾那些已经完全没救了的人。他们觉得我和病理科那些照顾几乎只剩躯壳的活死人的医生，没有太大的差别。但是他们错得非常离谱。就算是已经毁坏的大脑，也可以建立联系。大脑不仅仅是其中这些部分的结合。

就在我告别德拉克斯夫人之后，我回到了自己的办公室。当我路过诺埃拉工作的小隔间时，不自觉地向她钉在墙上的那面小镜子望去。我的脸看起来十分严肃、自以为是，太阳穴旁边的头发也变得很稀疏，这让我感到十分震惊。我的发型如此古板，眼窝深陷，还能称得上英俊潇洒吗？还是年龄已经让往昔的容貌不复存在？

总有一天我会死去，我突然这样想。

我的病人拉维尼亚·格拉丹曾送给我四盆盆栽，我最喜欢的是樱桃盆栽。现在看来，樱桃盆栽似乎需要修剪一下，所以我一边用我那小剪子修剪盆栽，一边打电话给位于维希的菲利普·梅尼尔。据他的秘书说，菲利普休完疗养假期刚刚回来。

“休养好啦？”当秘书把电话接通后我问道，“你之前有哪些信息？”

“米歇尔告诉你什么了？”他厉声问道，声音比平时更加粗鲁。我不由自主地又对他产生了一些敌意。

“她说你生病去休假了。”我说道，希望他不会听到我在修剪枝叶的声音。

“我就是要休息休息罢了。”他说道，“病毒感染。”

他显然不想对此多讲。医生们谈到自己的健康问题时有时会非常有戒心。坦白说，我们讨厌屈服于任何事物，而生病总感觉像是被某种东西打败了一样。

“关于路易·德拉克斯的。”我一边说，一边审视着一片闪耀得完美的小叶子。

“他到那里还好吗？”菲利普沉重地问道，“我想，应该一切顺利吧。”

他似乎觉得我在烦他，声音比平时还要更急躁、恼怒。

“一点问题都没有。他已经在病房里安顿下来了。”

其间有一段短暂的冷场，我默默地注视着自己精心修剪的盆栽。我还记得当拉维尼亚·格拉丹为了感谢我把她从六年的昏迷中救治出来，送给我这些盆栽的时候，我还有点惊慌沮丧。我问她这是不是有些像被送了一个宠物一样。而她只是微笑着让我等待就好。她说这些盆栽就像是昏迷的病人，需要长时间的照料，短期之内并不会有大的改变。但是当盆栽开花的时候……

她说得没错。我渐渐地爱上了盆栽所表现出的那种含蓄的美感。但是这是一种奇怪的嗜好，苏菲也时常提醒我这一点。她把这些盆栽称为我的“老宝贝”。

“所以他现在怎么样？”菲利普直截了当地问道。

“极其活跃，上上下下地跳来跳去，还唱着《马赛曲》。”

又有一瞬间的冷场，是与之前那次不同的冷场，电话那头的菲利普说不出话来。

“嗯，你指望会是怎么样？”我问道。菲利普连个笑话都接受不了，真的让我有些恼怒。人到50岁的时候会发生什么变化？“你把他送来我这里的，还要再说些什么呢？”

又是无人说话的寂静。

“事实上，我打电话是因为，我对他的病因很感兴趣。他从峡谷坠落的这件事。”

“沙维乐福没有把案情经过告诉你吗？”

“他是谁？”

“那是‘她’。负责这件案子的警察——斯蒂芬妮·沙维乐福。”

“还没有。我记得她有打来过。”

“好吧，你不看报纸吗？‘家庭野餐酿成惨剧’。这甚至都上了《世界报》，还上了电视。”

真讨厌，菲利普现在占了先机。我不禁有些窘迫，放下了手中的小剪子，拿起了纸笔。

“我一定是漏掉了这条新闻。”我说道，“告诉我吧。”

“哦，”他低声喃喃道，“这可是一件只有百分之一概率的倒霉事。沙维乐福警官比我了解细节，让她告诉你会更好一些。但是这件事最主要的内容就是，路易掉落峡谷似乎不是一件意外。虽然说他是一个一直以来都意外缠身的孩子，我怀疑这可能是由于某种未被诊断出的癫痫症导致的，不过谁知道呢。不过据他妈妈说，他并不是自己掉落峡谷的，而是被推下的。”

我的喉咙突然变得很干，我们的对话就突然停止了，而菲利普似乎也并不想补上这一空当。“被谁推的？”我终于近乎违背意愿地问了出来。

“被他的爸爸。”

“他的亲生父亲？”

“对，所以你懂的。”

此时，话语似乎弃我而去。它们似乎也抛弃了菲利普。因为我们两个都没有说话。我摆弄着钢笔，默默地看着枫树盆栽旁的那盆马栗树盆栽那长而尖的豆荚。在秋天，豆荚会炸开，露出像是小珠子一般光滑的栗子。在马栗树盆栽的另一边，是我的柳树盆栽。

“所以他爸爸现在在哪里？”我终于开口问道。

菲利普重重地叹了一口气，好像放下了一个巨大的负担。“很明显，在逃跑。已经下了搜捕令，但是我只知道警方还没有找到他。不过我并不知道最新消息是什么。当娜塔莉·德拉克斯在这里的时候，她很害怕他会想要追杀自己。她甚至还给自己买了一只阿尔萨斯狼犬。”

可怜的女人，我如此想道。菲利普大概是会读心术吧。

“那她现在怎么样？”他的声音听起来有些紧张，这有些奇怪。（也许是因为病毒还没清除干净？婚姻问题？还是与“路易的死亡”相关的惩戒？）

“正如你所预料的一样，我觉得。有些紧张，但是，嗯，高贵是我觉得最合适的形容词了。她在镇上租了一间房。”

“她有提到维希吗？”他问道。

“没怎么提到。她应该要提到吗？”

“不，不需要的。”菲利普说道，“我只是好奇一下。”

我们讨论了一会儿路易的预后（指预测疾病的可能病程和结局。它既包括判断疾病的特定后果，如康复，某种症状、体征和并发症等其他异常的出现或消失及死亡。也包括提供时间线索，如预测某段时间内发生某种结局的可能性），我们一致认为非常糟糕。

“她在否认事实。”他说道。

“是的，我也有这样的感觉。不过其实并不在我的意料之外，毕竟还有路易……”我的声音弱了下来。

“起死回生？”我们都笑了，不过还是有些紧张、尴尬的感觉。“她在吃什么药吗？”我问道，一边想象着她那孤寂、空空的脸蛋，还有那像是微暗之火似的头发。

“我建议她吃一些舒缓情绪的药。”菲利普说道，“当路易刚被送来我们医院的时候，她的情绪很糟糕，好像患上了妄想症。整个案子非常诡异。路易的起死回生，是我以前从未遇到的。我可以告诉你，这可没有给我或是医院带来任何好处。这是我们遇到的最奇怪的昏迷案件，要调查清楚的话需要很精妙的策略才行。”

他说他觉得娜塔莉需要精神病的治疗。但是她完全拒绝了相关的咨询，因为她想要陪伴在路易的身边，万一他突然从昏迷中醒来。然后他就停住了，虽然我刚刚注意到枫树和柳树盆栽都需要浇水，但是冥冥之中我知道他要说一些很重要的事，我就没有去拿浇水壶，而是默默地等他开口。但是当菲利普再次开口的时候，语气与之前完全不同。

“但是事实上，帕斯卡，还有一件事。你知道，医生们总是会面临两难的局面。”他的声音降低，有些小心翼翼，又突然开口，“我们都有过两难的局面，但是有的时候，这些两难的局面，并不是会在文学作品中读到的那种。不是那种很容易就能拿出来说的两难。”

“两难。”我缓慢地重复着。外面有一队参差不齐的海鸥越过天际，画出一条破碎的白色螺旋。

“关于最佳的行动方案。我说的不仅仅是病人，也包括他们的爱人、家属和朋友……”

他的声音怪怪的，听起来有些慌张。我突然怀疑菲利普爱上了娜塔莉，但是她却对他没有任何兴趣。他们俩在个人层面上的交往变得怪怪的，他不得不在娜塔莉和别的东西之间做出选择。这就是他所说的两难吗？正如苏菲常以警告的口吻说的一样，我们这个年纪的男人在年轻的女人身旁总是表现得很愚蠢。我为他感到难过。

“菲利普，”我勇敢地开了口，“有什么关于德拉克斯夫人的事情要告诉我吗？有什么是当我处理这份病例时该知道的？我感觉有些迷茫，完全没有思绪。她很好，是个非常迷人的女人……”

“你这样觉得吗？”菲利普突然问道，“你觉得她很迷人？”

这对话突然变得有些太私人了。

“放弃吧，菲利普！”我勉强地哈哈笑道，“别这样，我们以前可没少开这样的玩笑。”

这是真的，学生时代的我们还是朋友，分享了许多酒醉的夜晚。但是现在，突然之间，那些过去的日子似乎离我们很远。

“不，帕斯卡，你才是该放弃的那个吧。”他说道，“我是认真的。不要陷得太深，保持好适当的距离。这件事你一定要听我的，就把路易·德拉克斯的病例当作是一般的对待就好了，但是要密切地观察他。”

“你得多告诉我一点信息。”

他叹了一口气：“听着，你知道，他在送到你那里去之前几天，发生了一次痉挛。但是找不出任何显著原因。但是这件事有些奇怪。”

“是癫痫吗？”

“这是一种可能。”

“你是说还有别的可能？”

“我不知道。去问问沙维乐福警官吧。别的我就不知道了。那个男孩有些奇怪，事情的状况很奇怪，所有的这一切都很奇怪。”

“菲利普，就告诉我……”

“不，帕斯卡，对不起，我必须回去照看一位病人了。你，小心一点。沙维乐福警官会告诉你更多消息的。看好那个男孩。我必须得走了，不能再拖了。”

与他匆匆道别之后，万千问题萦绕在我的脑海之中。我为自己坚持想要知道更多消息而恼火不已。但是菲利普比平时还要更加拐弯抹角。大概他是很高兴甩掉了德拉克斯这个病人吧。他似乎很讨厌我把这件事又提了起来，即便只是稍稍提起，他就已经非常恼火。不过现在我已经知道了路易的故事，也知道了他妈妈所承受的痛苦，我不得不对娜塔莉肃然起敬。在这样的一种状态下，还能维持她那高贵的仪态。我也了解了她为什么会那么紧张。她的丈夫会在这里，普罗旺斯，再出现吗？我一点也不了解警方的办案程序，但是我现在忽然觉得需要知道更多一些才是。

“那个从维希来的警官半个小时后会到。”诺埃拉说道，接着递给我一张纸，“她想与你和沃丹医生一起，在他的办公室里谈一谈有关安全防护的事情。这个德拉克斯先生做了什么？”

“我所知道的是，他把他的儿子推下了峡谷。”

“怎么会这么令人发指。”她皱了皱鼻子，在笔记本上用大写写下了皮埃尔·德拉克斯的名字，“最近这些家庭到底是怎么了？”

“打电话给菲利普在维希的秘书，问问她有没有更多路易发生意外时的背景资料。不管是什么资料，多久以前的都可以。然后告诉盖·沃丹，我认为杰奎琳也应该出席我们与沙维乐福警官的会谈。那不仅仅是我的病房，也是她的病房。她会再与其他护士做一个简要说明。”

诺埃拉不急不忙地掏出润肤露，开始保养双手。

我不该对路易的故事这样惊奇。他不是我接到的第一个暴力受害者。大多数情况下，是一些诸如打架、车祸、酒醉事故等人为悲剧，将那些多处挫伤、脑水肿、颅骨骨折、脑瘀血的病人送到我这里的。劳伦·冈萨雷斯、克莱尔·法弗洛和玛蒂尔德·米卢斯都在病房里住了很久，彼此之间就像是老朋友一样。凯文·波当萨克，由于自杀未遂脑中瘀血，在这里已经住了两年了。其他如亨利·奥多贝、伊夫·富兰克林、凯西·都多农，还有我的厌食症患者伊莎贝拉·马萨洛特，都是来得比较晚的病人。

我意识到在警官到来之前，我还有些时间把路易介绍给大家，让他融入这个圈子。当我走进病房的时候，发现法弗洛夫人和埃里克·马萨洛特也在那里，还有凯文的表妹洛特和我的新任理疗师卡琳娜。杰奎琳告诉我，娜塔莉·德拉克斯刚刚离开。我和大家打完招呼后，坐上了我的旋转椅，把自己转向房间中央。当我向病人说话的时候，杰奎琳就坐在手推车上涂口红、抹粉。

“很高兴有一个新的成员加入我们。”我宣布，“当然，我们希望他不会在这里待很久，但是当他和我们在一起的时候，我还是希望你们能让路易·德拉克斯有宾至如归的感觉。”

这时候，有一些病人家属低声地交头接耳。路易·德拉克斯的故事传得很快，他们知道的可能比我还多。在介绍完每个病人及家属的名字后，我把医院的故事也说给路易听。“在很久以前，这里是一个癫疾患者收容所，就像是一个垃圾桶一样，任由社会上那些无望痊愈的病患被丢进来。”男孩的嘴微张着，嘴角流出了一丝口水，我默默地帮他擦去口水。“路易，以前有人一出生就因为有着严重丑陋的身体残缺、大脑有缺陷等原因被丢进医院。还有些人有歇斯底里症、梅毒、聋哑症，或是犯罪倾向症。我们的厌食症患者伊莎贝拉在床上翻来覆去，担心着她的喂食管的问题。她爸爸拍了拍她的手。不管怎么样，我很感恩时代变迁，癫疾患者收容所这样一个名字终于被改掉了。所以，欢迎来到地平线医院，路易。”

我抚摸着男孩的头发（好浓密），让大家好好照顾新成员，然后重复自己每天都会对他们说的话：大家的康复概率都很大，我对你们有着无限的信心。杰奎琳咯咯地笑着，杰西卡·法弗洛表情冷漠地笑着。我们总是会这样对病人说话，这样的单向交流对于昏迷病人来说是不可避免的。杰奎琳一秒不歇地说着她家的趣事，或是报纸上看到的怪事，有时她心情特别好的时候，还会唱艾迪特·皮雅芙（法国著名女歌手，《玫瑰人生》为其代表作品。）或是弗朗索瓦丝·哈迪（法国著名女歌手）的老歌。我觉得她还抱着儿子，保罗仍然在世——只不过是隐秘地住在这个病房里的幻想。我能感觉到，她就是这么想的，而我自己似乎也这样认为。这是我们形成和维持希望的机制。我对“希望”做了不少思考，得出的结论就是，希望要么就有，要么就没有，没有任何中间地带。在这样一个地方，你需要很多很多的希望，这也正是我和杰奎琳在这里的原因。

“那是真的吗，他爸爸试图杀掉他？”我走过去的时候，正好听到杰西卡·法弗洛在轻声问杰奎琳。杰奎琳点头证实了这一言论。“可怜的女人。”杰西卡小声说道，“她现在愿意谈这件事了吗？”

“我觉得她不会愿意的。”杰奎琳小声说道，说罢我就带着她一起去开会了，“我试过了，但是她完全不愿谈起。”

当杰奎琳和我穿过凉爽的走廊，去沃丹的办公室时，我在想，德拉克斯夫人对我们医院的看法到底如何。我想知道她对我们那巧妙地于旧建筑基础上重新设计粉刷的新大楼、景观花园、铬合金玻璃，还有那柔和安宁的发光色，抱有什么样的看法。所有这一切的设计都是为了营造一种平静、听天由命的氛围。像她这样的人会有一天准备好听天由命吗？

当我们走进沃丹那烟雾缭绕的办公室时，他正在设计发生森林火灾时的紧急疏散流程图。他示意我们上前来欣赏他的大作：图中有着相连的方框，用各种颜色标记着，里面详细地注明了细节。

“这样的画作，简直像是直接从网上下载下来的。”他说，浓密的睫毛下那双眼睛闪烁着光芒，“只要键入建筑蓝图和本地地图就好。但是其实根本没用，一定得用铅笔一点一点画出来才行。”

杰奎琳干笑了一声。斯蒂芬妮·沙维乐福警官随即就来了。让人惊讶的是，她居然十分年轻，身材矮胖，不施脂粉，看起来十分直率、干练。她的眼睛是浅蓝色的，整个人看起来十分聪明，让我不禁想到了喜鹊。沃丹自我介绍后，又介绍了我们。

“我开始负责这件案子的时候，路易·德拉克斯是被宣告死亡的。”沙维乐福警官说道，试着坐进沃丹那并不舒服的设计师椅子里，“事实上，我亲眼看到了他的尸体。这件事在医学上是非常罕见的。我可以抽烟吗？”

“请自便吧。”盖在我想出声反对前说道，表示他也会加入一起抽，“要是不能不遵守规则的话，做老板还有什么意思。”

他们同时点起烟吸了一口。我试图让整个医院全面禁烟，但是盖一直坚持他的办公室要排除在外。

“整个案情你们都熟悉了吧？”她问道。盖说他在报纸上看到过，但是具体细节已经忘记了。我坦承自己并不知道，所有知道的信息都来自于菲利普·梅尼尔，大部分都是与医疗相关的。杰奎琳说自己只听说过传闻。

“我到这里来是要告诉你们，如果有什么不寻常的事情发生，比如说有陌生人出现在前台，或是访客有任何怪异的行为，我都希望你们可以马上打电话给我。我会把我的手机号码和家里的电话号码留给你们。现在我们担心的问题就是，皮埃尔·德拉克斯会再出现。病房随时都有人值班吗？”

“是的。”我答道。

“有时还会有两位值班人员。”杰奎琳说。

“当访客来探望亲属的时候，有什么程序吗？”

“我们有一个登记簿。”盖说道，接着解释了我们整个系统。沙维乐福警官把烟灰弹进烟灰缸里，说道：“我听说你们这里有森林火灾的危险。”盖叹息一声，指了指他画的流程图。沙维乐福警官同情地笑了一下。

“所以，”她说，“关于德拉克斯一家人，我不能把所有信息都告诉你们，但是我至少可以简要地说一说现在已经公开的部分。路易的父母在意外发生的时候已经分居了，但是为了孩子，还是努力维持表面的良好关系。皮埃尔·德拉克斯是法国航空公司的飞行员。据他妻子说，他严重酗酒，但是隐藏得很好。”

“他是个飞行员，一定要隐藏好的。”盖沉思着。但是我知道，他一定还在想着自己的流程图。他偷偷地看了一眼手表。

“不管怎么样，路易有一点心理障碍。”沙维乐福警官吐了一口烟，继续说道，“沃丹医生，我不会耽误你们太多时间的。路易之前一直在看心理医生。他在学校是个破坏分子，没有朋友，融入不进学校的氛围。别人叫他怪胎。那天是路易的九岁生日，和路易奶奶住在一起的爸爸从巴黎过来，他们全家一起到山区旅游。现在德拉克斯夫人是我们唯一的证人。所以很遗憾我要这样告诉你们，接下来我要说的故事并不能被认为是真正的事实，那只是她的说法。别人可能会有另一套说辞。”

盖·沃丹点了点头，吸了一口烟，眯起眼睛看着她刚刚吐出的烟雾：“好的。”

“不管怎么样，据德拉克斯夫人说，她和皮埃尔曾为了路易吵架，而且就在孩子面前。他们吵得不可开交，突然间皮埃尔就试图把孩子抓进车里，带回巴黎。”

“你是说绑架他？”杰奎琳问道。

“好像是的。但是路易感觉事情不太对，就挣脱了他，跑向峡谷。他爸爸就在后面追着他，然后抓住了他。路易试着挣脱，但是皮埃尔·德拉克斯非常生气，就把他推下了峡谷。据德拉克斯夫人说，这根本就不是意外。可能是一时气急犯下的，但是我们还是将这件案子视作一起谋杀案。”

听到这里，我有些喘不过气来，甚至有些想吐。我完全不敢想象这一切，脑中幻想着德拉克斯夫人站在峡谷边，向着一片虚无尖叫的可怕景象。那一瞬间，我闭上了眼睛。

“所以我接下来要说的就是，如果路易有任何康复的迹象……”

“现在看来不太可能。”我打断了她，很高兴自己终于从那幅可怕的景象中转回了神，“预后并不看好。”

“但是如果他康复了，我们需要与他见面交谈。他可能会记得一些非常重要的信息。”

“或许最终他会醒来。”我说道，“但是不是现在。有的人会完全失忆，有的人只会记得一部分的事情。”

“有的时候这样反而最好。”杰奎琳补充道，“有时病人可能会有心理创伤。我们病房里有一个曾试图自杀的男孩。老实说，我们并不希望他醒来以后记忆会恢复。”

沙维乐福警官点了点头，看起来忧心忡忡。盖·沃丹有些疑惑地望着她。我知道他在猜她的年纪。她看起来并不比我的女儿们大多少，但是她至少该有三十岁了。她的举止有些粗鲁，但是看起来很能干。

“他以前发生的那些意外呢？”我问道。

“那个很难搞清楚。”她说道，把香烟掐熄在烟灰缸里，然后又拿了一根。我想让她不要再抽了，给她上上医学课，告诉她有关肺癌和肺气肿的危害，让她把这一爱好掐死在摇篮里。她如果就那样死了，实在是英年早逝。“他的心理医生认为，他可能是以自我伤害的行为来寻求注意。但是有些伤害完全不是他自己可以造成的，那时路易还太小了。他可能听说了自己小时候发生意外、生病的一些故事，那都是一些十分戏剧化的故事，然后得到了要重复这一模式的想法。但是也有可能是他父母之一或是两位对他做出的肉体伤害。”

她停了下来，让我们消化一下这一消息。杰奎琳缓缓地点了点头，沃丹不太高兴地咕哝了一声。我知道，我们都不愿在这一话题上想太多。于是我继续注视着沙维乐福警官，我可以听到她说的话，但是那些话还没有到达我的大脑。我需要时间来消化这一信息，在这方面我很慢。

“如果我们要调查身体虐待的话，恐怕就要把德拉克斯夫人也视作嫌犯之一了。”在随后的沉默中，我觉得有些恶心，好像房间里的空气突然被挤压了一样。沃丹无法置信地摇了摇头，杰奎琳看起来很难过。我站起来，打开窗，远处传来海鸥的叫声和山谷中微弱的汽车轰鸣声。“这只是程序上必要的。”沙维乐福警官说道，然后将她那抽了一半的烟掐熄在沃丹的烟蒂旁边，站起来准备离开，“我们必须要按照规章制度行事，相信你们也是一样的。”

她离开时，我觉得很不舒服。她告诉我们的有关路易·德拉克斯的案情，比我预想的多太多了。但是她还有什么没说的呢？

我怀着不安的心情，与杰奎琳一起走回病房。我们没有讨论刚刚沙维乐福警官说的话。我们讨论了伊莎贝拉，以及她父亲的到来。他很爱他的女儿，这显而易见。但是他来探望女儿的次数越来越少，间隔也变长了。伊莎贝拉的母亲很尖刻、紧张，总是喜欢把你拉到一边埋怨前夫对女儿的忽视。有时我怀疑伊莎贝拉是不是用昏迷来逃避父母。这件事让父母双方都感到十分敏感，但是我们认为马萨洛特先生应该比较能接受父母要表现出团结这一建议。

杰奎琳打开落地窗，让窗外的新鲜空气透进来，吹起了床边的白色窗帘。有几位亲属正在病房里聊得热火朝天。我和杰西卡·法弗洛、玛蒂尔德·米卢斯的姐姐伊薇特打了招呼，然后向马萨洛特先生自我介绍了一下。他看起来十分健壮，但是似乎被医院里铺天盖地的白色吓到，显得有些局促不安。他坐在伊莎贝拉旁边，抚摸着她的头发。她那暗红色的卷发散落在白色的枕头上，像是奇特的蕨类植物的叶子一样。

“她的头发总是这么生动有趣。”他轻柔地说道，“不管她病得多重，头发总是不屈服，从不会被感染。这不是很奇怪吗？这里那么接近她的脑部。”

我微笑着。我不想在伊莎贝拉能听得见的地方讨论她的病情，所以就建议他与我约个时间讨论一下他女儿的进展。我把旋转椅转到路易的床边，看着他那干净的小手，轻轻地捏了捏以示问好。他的耳朵里插着随身听的耳机。据杰奎琳说，德拉克斯夫人很热衷于录音给路易听，她刚来没几个小时，就已经准备好了一盘磁带。许多家属不仅会在床边与病人说话，也会录制磁带。我想他们是怕病人觉得寂寞、被遗弃。德拉克斯夫人给路易录了一些音乐，因为我听得到微弱的音乐声从耳机中飘出。音乐敲打着我的思绪，我记起德拉克斯夫人对我说过的对儿子的感觉。"我觉得我的儿子像个天使。"也许人确实需要一些幻想，以应对这样的惊吓。我觉得，我们无法责备一个处于德拉克斯夫人这样的心境的人，以一个童话故事来包装儿子发生意外的真相。但是也许事情不仅仅是这样，不仅仅是她，别人也一样。这是策略，还是迷信，抑或是二者兼有。就如同你不会说死人的坏话一样，你也不会在你的孩子最脆弱的时候批评他的不是，那可能会杀了他。告诉自己他是一个天使，他真的可能就会永生。

但是如此的天使言论，还是让我很困惑。事实上路易在发生意外之前，一直是一个问题儿童。他的行为上有偏差，在学校是个破坏分子，以前还发生过许多意外。我试图想象这样一幅画面：一个人丁单薄的家庭去野餐，爸爸突然想要绑架儿子。当我一想到皮埃尔·德拉克斯后来由于单纯的愤怒，对他的儿子做出来的事情，我就必须闭上双眼。这是一件多么违背道德的事情啊！我可以想象事情发生后，他立刻会感到无比悔恨，整个世界完全崩塌了。我们都曾做过这样的噩梦，在梦中我们做下了一些可怕的事情，醒来之后有种冷汗黏腻、自我厌恶的感觉。当发现一切只是一场梦后，终于松了一口气，随之而来的，又是为自己竟然想象得出这样的事情而深深内疚。这到底是不是我们内心深处愿望的一种无意识的表达呢？任何父母都会羞于承认，自己曾在某一时刻对自己的骨肉、自己在这世上最爱的人，无比愤怒，有时甚至还会憎恨。路易的父亲就是这样吗？因为儿子的拒绝，突然产生一种难以控制的愤怒，然后就把孩子推下悬崖吗？

德拉克斯夫人走了进来，那浅草莓色的头发高高盘起，嘴上涂着深红色的唇彩，看起来极具戏剧效果。她向其他亲属微微一笑，点头示意，但是仅此而已。是的，这个女人有一种气质。那种清冷的气质，有的人会认为是阶级差距的傲慢。但是我抱有这样的怀疑，我觉得我开始有些了解她，她那种与众人不同的气质只是因为悲痛和孤寂。她需要盘起头发，涂上深红色的口红，以使自己不至于崩溃失态。她还没有准备好面对这个世界。

“要抱有一种永不放弃的信念。”一小时后我在办公室这样对她说。在我开始准备在里昂的会议上要讲的内容之前，我说服她与我一起喝一杯咖啡。我又讲述了一遍痼疾患者收容所的历史。“相信我，我们现在可不是一个专门收治绝症病人的地方了。”我再次向她保证，“我们地平线医院完全不是那样行事的。不论路易的病情看起来希望有多渺茫，德拉克斯夫人，我能叫你娜塔莉吗？我们一定会试着突破他的心房，找到他，让他慢慢苏醒。”

说罢，我微笑着看着挂在我们旁边的颅相图。记忆、道德机能、理性、心理能量、语言、爱……

“你认为他躲起来了？”她柔柔地问道，目光转向我的盆栽，“我之前不知道你是那么想的。”

“有些病人确实是躲起来了。”我说道，“有些则是迷失了方向。你必须要修建主根和枝叶。”我对她说道，“这些盆栽很精巧的。”

“它们很美。”她说道，“美得有些可怕。”

“这并不可怕。与其说是园艺，不如说是一种艺术。我妻子把这些盆栽称作是我的‘老宝贝’。不过这些盆栽可比孩子容易照顾得多了。”

“而且回报也更多？”她微笑着说。

“有时候确实如此。”

“你有孩子吗？”

“两个女儿，都已经成年了。”

“大脑和灵魂一样吗，达纳谢医生？”她突然问道，“我的意思是，如果路易的大脑受损，那么他还是路易吗？”

“他还是路易，以某种形状或是形式存在着。”我说道，“你知道，在一些食人族的社会里，人们会吃掉自己敌人的大脑。他们真的会直接吞下那整个大脑，因为他们认为大脑里装着人们的灵魂。我们的文化并不相信灵魂的存在。我们认为心智是一个社会建构产物，或是会思考、说故事、发明诸如‘灵魂’这样的概念来自我安慰的一块肉。我们把魔法完全排除在外。”

“我并没有。”她坚定地说道，从手提包里拿出一个信封，“你问我路易是一个怎样的男孩。”然后她把十几张照片铺开放在我的桌上，“现在你就可以看到了。我有好几百张，只带了这么一点而已。”

在我迅速地翻看着这些照片的时候，她又谈了谈她儿子：他的爱好、那不凡的心智，以及对动物生活、飞机和许多英雄的兴趣。我很感动，你可以从男孩的眼中看出他很机敏，有对知识的渴求。大多数照片上路易都是一个人，一定都是她拍摄的。但是其中一张他们两人的合照，吸引了我的注意。那时路易还只是她怀里的一个小婴儿。她的眼睛看起来很悲伤、疲惫，还有些戒备，好像在那时，她就在保护孩子不受某种看不见的东西的侵害。我觉得这些照片与我家的旧相簿里苏菲的照片很不一样，苏菲也很疲倦，但是却有些茫然、精神愉悦、欣喜若狂，整个人都燃烧着为人母的骄傲。另一张照片上路易已经长大了不少，大约三岁，虽然腿上打着石膏——因为从树上掉下来了，但是却对着镜头灿烂地笑着。

她把最近拍摄的一张照片留到最后。“我差点就不想把这些照片洗出来了。”她说道，“因为我看着实在是太痛苦了。皮埃尔拍了这些照片，就在那天。”她停了下来，“在奥弗涅的时候。”

路易和妈妈坐在野餐垫上。她坐在路易旁边，用手臂环抱着他，面前放着一个生日蛋糕，上面插着九支蜡烛。他们看起来十分快乐。

娜塔莉解释说皮埃尔的工作让他一直离家，自己其实一直很寂寞。她想要工作，以前在巴黎的时候她曾学过艺术史并在画廊里工作过，但是路易很需要她的照顾。

“他一直生病、发生意外，好像身上中了什么咒语一样。人们说闪电绝对不会劈在同一个地方两次，但是它却会一直劈到路易。”

“我很有兴趣听听这些意外。”我这样告诉她，想起了菲利普的癫痫理论，“诺埃拉有没有和你说到背景资料的问题？我希望可以看看全部的资料，所以我需要知道路易去过哪些医院，负责的医生的名字，如果你还记得的话。我们国家还没有这样的一种资料共享系统，真是很让人生气。太过于重视隐私权了。”

她看起来好像一时没有听懂，但是马上又调整了表情。“好的，没问题。”在那一瞬间，我又一次觉得娜塔莉知道自己的儿子可能会死，正如我和菲利普一样。为了转移她的注意力，虽然我并不想承认这一点，我向她介绍了我们对路易的治疗计划：以按摩、水疗和物理疗法为主的物理治疗干预，以保持肌肉正常。他每周有两次健身房的课。

“大家都很喜欢那节课。你会发现，那里气氛很友善。亲属们，尤其是年轻的兄弟姐妹，会常常开怀大笑。这样的课程似乎让大家都轻松不少，他们甚至会开始看到事情有趣的一面。这是非常了不起的。”

“就算看不到有趣的一面，也会这样？”她微微笑了一下。我发现自己被她的直接和情绪变化弄得措手不及。

“我并不相信悲观主义（我在职业生涯中，到底说了多少次这个词？每一次都觉得这个词不足以表达我的意思。）。我认为希望是康复过程的一部分。”

“但是我知道路易的情况有多糟，医生。”现在她的声音平淡、疲倦，音调完全没有任何起伏。我完全不能想象她会笑，似乎她所经历的一切让她控制笑容的肌肉都麻木了。“不管发生什么，我都会陪着他，看着他经历一切。但是我想要告诉你一件事。我知道每个病人都是不同的，因为受伤的状况各不相同……但是我想知道的是……”她停了下来，确定我在专心地听她说话。那一瞬间她的眼神似乎清醒了一些，仿佛闪烁着希望，还是恐惧？“如果他苏醒过来，有多大概率会记得发生的意外？”

这是一个很荒诞的问题。毕竟预后摆在那里，但是我还是尽量保持圆滑。

“病人是否能够记得发生的意外，一般是我们最不担心的事情，如果他苏醒过来的话。”我这样告诉她，“病人的记忆状况如何，我们完全无法预估。不管怎么样……听着，我知道发生了什么。我和菲利普·梅尼尔谈过了，还有那个警官。”

“他们说了什么？”她问道。我有一瞬间没有接话，而是细细地观察着她的表情。她的脸部抽搐了一小下，正如我之前看到的那次，但是当我提起菲利普的时候她没有任何不适的表现。

“就说了那天发生的事情，那次意外。我之前完全不知道，真的是非常抱歉。但是那样的情况下，他还是不要记得的好吧？”

“是的，”她说道，“我就是这么想的，我不想他记得这件事。我宁愿他什么都不记得了，也不想让他再记起那件事。你知道，我也是主要嫌疑人。他们告诉你了吗？你能想象这是一种什么感觉吗？”

"不，但是他们也是按照规章程序办事。你不要认为他们是针对你。你还……"我刚刚是想问关于她丈夫的事情，但是她生气地打断了我。

"我亲眼看见路易掉下去，我看到他的脸……"她停了下来，深吸了一口气，努力想要说完这句话，"他不是直接掉下去的，而是不停地撞上岩壁，又弹开，直到……这看起来似乎永远也不会停。"

娜塔莉·德拉克斯叹了一口气，把整张脸抬起来面对我。大颗大颗的眼泪从她那褐色的眼眸中掉落，我情不自禁地站了起来，绕过我的书桌，走到她坐的地方，张开手臂示意拥抱。

她并没有迟疑，直接站了起来，向前跨了一步，哭倒在我怀里。我闭上眼睛，发觉我们两个都如释重负。她绝望地抱着我，像是孩子紧紧地抱住父母一样。我满心怜悯，然后惊恐地发现，自己突然被勾起了性欲。羞愧和不安随即而至，我意识到事情走向了错误的方向。在我抱着她抵在我那迷惑的心的时候，我发现她的心也在咚咚直跳。我突然尖锐地意识到医生的同情与不专业的行为只有一线之差。而我在职业生涯中，第一次越过了那条线。

但是我不知道的是，越过那条线之后，就再也回不来了。

我生性并不神秘，所以藏不住事情。而苏菲是个非常敏锐的人，一点小事都不会错过。很久以前，那也许是我爱上她的原因，但是随着我们的婚姻越来越稳定，我发现这成了一个问题，至少对我是如此，因为我在她面前就像是个透明人一样。

“来和我说说你的那个新病人。”隔天早上吃早餐的时候她这样问道。我们在外面的阳台上用餐，天气异常炎热，但是天色阴暗，云层低挂在地平线上。与平常一样，她的身边堆了一沓书，摇摇欲坠。有祁克果、约翰·勒卡雷、马尔克斯、普鲁斯特、亚历山大•雅丁的书，还有一本《网络与你》。她是个杂食动物，什么都看。

“他叫路易·德拉克斯，九岁，是持续性植物人状态。你能给我一本叫作《动物的精彩世界》的书吗？显然，这是他最喜欢的图书之一。我想要把这本书的内容念给他听。”

“他妈妈和他在一起吗？”苏菲边倒咖啡边问道。

“德拉克斯夫人？是的，她当然在这里。她是他的妈妈。”

“很需要关怀吗？”她眯起眼睛，我厌烦地翻了个白眼。

“有一点。”

“她丈夫呢？”苏菲继续询问道，给她自己的咖啡加了糖，给我的加了牛奶。

“不在这里。”

“为什么不在这里呢？”

“因为他在逃亡。”

这句话似乎让她着实震惊，停止了继续问话，我感到很是满意。她摸着普鲁斯特的书，望着远处的松树林，似乎可以从那里找到她的下一个问题。我平静地喝着咖啡，直到一只海鸥拍着翅膀飞到阳台上寻找碎面包屑。我挥了挥报纸，把它赶走。

“怎么，你不准备告诉我他做了什么吗？”

我不慌不忙地又喝了两口咖啡，说道：“他似乎把自己的儿子推下了悬崖，试图杀掉他。”

就这样，苏菲脸上的笑容不见了。但是没过多久，她就从这个小小的震惊中缓了过来。

“是在奥弗涅吗？我想我在报纸上看到过这个新闻，警察在追捕他。”

“追捕仍在进行中。我们要加强警戒安全。”

“所以……”她说道，伸手拿了一个牛角面包，“她是个悲剧中的单身女子。”

这时我叹了一口气，折起报纸，站了起来。

“她只是需要我的帮助。”我厉声说道。

“你的救世主情怀又发作了。”

最后的那句评语——救世主情怀，让我非常愤怒。很多时候我内心为认为同情就是一种软弱或是变态的表现的这种想法（隐含在那个表达里）感到愤怒。当然应该是相反的想法才对吧？当人们默默地祈求帮助时，什么样的人才会视而不见呢？

但是苏菲没再提起我们结婚周年庆的事情，后来甚至还用一种近乎安抚的语气说，她会去图书馆帮我找《动物的精彩世界》的，如果有就会帮我影印一本下来。她总是很赞成我给病人读书这件事，还总会确保病房里有足够的有声读物。同时我也注意到，她将我送给她的那一大束百日菊美美地插在我们家最大的花瓶里，放在大厅的桌上。

第二天天气依然炎热，但是空气清新了不少，还带着奇妙的电流。海鸥似乎也感受到了，因为它们的叫声更加尖锐，比平常还要更刺耳一些，把山谷里正在过道上飞驰的汽车的轰鸣声都淹没了。我穿过橄榄树林，走向医院的时候，朦朦胧胧地觉得很兴奋。我一早上都在努力写着要在里昂的会议上发表的论文，然后与盖·沃丹一起在食堂吃午餐。他越来越专注于我们要撤离大楼的可能性，一直兴致勃勃地解释着他的流程图终稿。后来他与消防队长见面，与其讨论相关物流问题。虽然他声称自己很恼火，但是我可以看得出来，一部分的他（让他开心地管理着医院这样一个地方的那一部分），因为可以计划未来而十分兴奋。他细长的眉毛下那双蓝色的眼睛，紧紧地凝视着我。

“这个德拉克斯的病例，”他说道，“现在这个时候还要加强警戒防范，真是很麻烦。你觉得那个警察怎么样？”

“她抽烟抽得太凶了。要是森林大火没有把这里烧起来的话，我看她会的。”

盖笑了。“她看起来很年轻。”他说道，然后降低声音，悄悄地说，“我觉得她是个拉拉。你知道，很多女警察都是的。”

我忍不住笑了。

员工、病人和房客都在诊所就餐，饭菜的质量很不错。当我终于吃掉套餐里的烟熏三文鱼、蘑菇炖饭和梅子布丁蛋糕后，我坐上了自己的高背旋转椅，准备在路易床边跟他说说话。我一直很喜欢这种片刻的宁静。我摸了摸男孩冰凉的前额，我发现自己的昏迷病人竟然有一种安定的作用。他们并不只是我的病人，似乎也可以治愈我。有人对我警告说和路易在一起，就等于和他妈妈在一起，但我并没有理会。

“你可以叫我帕斯卡。”我这样告诉他，“当然也可以叫我达纳谢医生。你处于昏迷之中，路易，就像是睡觉一样，只是比一般的睡眠更深一些。那是一个很奇妙的地方，但是我们并不想你永远待在那里。你知道，路易，我对你、伊莎贝拉、凯文和其他一些病人的状况，有一些研究理论。我认为有些人一直在昏迷，是因为他们不愿醒来，害怕苏醒之后会发现或是记起一些事情，所以他们宁愿选择沉睡不醒。所以他们只有在鼓起足够的勇气时，才可能会醒来。但是这个世界很美好，路易，有很多奇妙的事物。我很想带你去巴黎，给你看看我在报纸上看到的东西：一只十五米长的巨乌贼标本，拉丁学名叫作 architeuthis。”

苏菲偶尔会问我一些很难回答的问题，有关于我在想些什么。我面对这种问题时，都感到十分茫然。当我与病人坐在一起的时候，我在想些什么，我的思绪究竟飘到哪里去了？为什么我会确信我对他们说的话，他们真的会听得到？我为什么一开始会对昏迷病人产生兴趣？当然，苏菲对我有些冷嘲热讽，她也有她自己的理论，比如说：我可以爱对他们说多久就说多久，他们一句话也不会回我；我会提出一些让其他人无法赞同的荒谬理论，或是相反的理论，因为我自己活在另一个世界里。也许后者是较为接近真相的一个解释吧。在我梦游的那些年里，我了解到了另一个次元的存在。我不再居住于那个次元，但是不知为何，那个次元却继续占据着我的脑海。

德拉克斯夫人来了，带来了些许外面那令人震惊的耀眼阳光。

今天她的头发更乱了，前一天的苍白脸色被浅蜂蜜色的光芒取代，脸上的雀斑也更多了，细沙般布满了她的前额。普罗旺斯可真是个养人的好地方。然后我注意到了她的指甲，比我上次见到的时候长了许多，而且被涂成了鲜红色。那是我女儿们会用的那种黏上去的假指甲。不知为何，我被这样的一个小细节吓了一跳。她与我握手，并吻了吻路易，弯下腰去和路易打招呼，声音太轻，我听不见。

“所以，”她说道，稍稍动了一下，用手来回抚摸着路易的小臂，“有什么文件要填吗？”

“诺埃拉在准备相关文件。你今天离开之前签好字就可以。其他的可以等下周再说。为什么不到处看一看呢？”我建议道，“我们这里有一个休息室，有时病人的父母会聚在一起喝喝咖啡。我敢肯定，你很快就会认识那些常客。法弗洛夫人是所有母亲中的元老，她会让人照顾你，让你有在家的感觉的。她的女儿克莱尔已经住在我们医院十八年了。”

但是我又一次说了不该说的话。

“十八年？”

“有时候确实会这样。但是别的一些例子，比如说去年的一个病人，一周之后就醒了过来。来，你看到我们的花园了吗？欢迎你去里面逛一逛。”我迅速说道，无奈地指了指窗外，“而且镇上也有不少活动，在莱拉克有一个电影院，还有一个高尔夫球场，如果你喜欢的话可以……”

我喋喋不休地说着，试图弥补我刚刚的一言之失，但是我的嘴巴比脑子快。我解释说像莱拉克这样一个退休社区，还有许多手足病医生、医疗中心、狩猎与钓鱼场，还有一些供溺爱孩子的祖父母帮孙辈买玩具的玩具店。这里的夜生活大概比较少，但是却是一个非常友善的小镇，而且还有一个很棒的游泳池……我一直说着这样那样的话，直到气竭。

“我相信我会适应的。”她说道，但是声音中的哽咽出卖了她。有些时候我是盲目的，就是看不见事情。我现在才意识到，在我刚刚一直不停地说着话的时候，她其实一直在强忍着泪水，现在她再也忍不住了。她坐在路易床边的一张椅子上，用双臂抱着他，亲吻他的面颊，轻拍他的小手，在路易面前毫不顾忌地抽泣。这幅画面让人怜惜。虽然我曾明令禁止亲属在病房里哭泣，因为你知道悲伤会从一个灵魂传递至另一个灵魂。我鼓不起勇气让她离开，在病房里我也不能用手臂环绕着她、给她安慰，即使我非常想这样做。所以我只能绝望地让她离开，我拉住她的手肘扶着她站起来。我们一起静静地走出病房，然后穿过落地窗走到外面那极为炎热的夏日花园。我们走到一处月桂树的树荫下，我掏出一块手帕，轻轻地擦去了她的泪水。

“我每天晚上都会梦到那件事。”她轻声说道，“同一个梦，一直出现，就像一部电影一样。我只能看到他们模糊的轮廓，看不清他们的脸，好像我把他们都涂黑了一样。梦里有一大一小两个人扭打在一起，离我有些远。然后他们越来越靠近悬崖，我向他们尖叫，但是他们听不见，因为我们的距离太远了，我无能为力，完全无能为力。然后他就掉下去了，我就醒来了。”

她双目呆滞，突然之间意识到自己刚刚失态了，摇了摇头，眨了眨眼睛，想让自己振作起来。

“原谅我。”我最终还是开口问了，“但是当意外发生的时候，你的丈夫做了什么？之后呢？”

“皮埃尔？”她停了下来，咬着嘴唇，然后转过身背对着我，低下头用空洞的声音说，“他走过去看了看自己犯下的大错，但是那时路易已经在水里了，什么都看不见。”

虽然我们在室外，病房里的人听不见我们的对话，但是我们还是以极低的音量进行着交谈。在月桂树那深色的树叶的映衬下，她显得那么瘦小、脆弱，头发像是用铜和蜂蜜织出的金丝。我可以感受到阳光照射在我的后背上。

“他逃跑了，把我丢在那里尖叫着求助。”

她的声音十分平静，就如以往一样毫无表情。她微微转过头来，我可以看见血色渐渐涌上她的脸颊。透过玻璃门，我们可以看到病房里的床，包括路易的。我们也可以看到男孩，就是被子里面一个小小的鼓起。她似乎被这幅凄苦的景象触动，突然转过身来面对我，眼睛里闪烁着泪光。

“你看到我是嫁给了怎么样的一个懦夫了吧？”她脱口而出，“什么样的人会对自己的儿子做出这样的事，然后就一走了之？”

我正要说一点安慰的话，不是所有的男人都是那样的，她丈夫一定是……

但是这些话都没有说出口。我捧起她那完美的鹅蛋脸，吻住了她。她并没有反抗，而是以一种甜美到近乎感激的方式顺从着我，让我不禁怀疑以前在她身上所感觉到的那种冷淡、羞怯和远不可及，究竟是不是只是我的想象。她的身上还有我之前闻到过的那种香水味，有一种突出、性感的感觉。还是这只是太阳照在我的后背上的原因。我怎么会做出这样的事？我怎么敢？我如梦游般沉浸于这个让我极度兴奋的吻中。

“我从来没有做过这样的事。”我说道，轻轻地推开她，还是震惊于自己的所作所为，想着自己有没有做错事，吓到她。

“亲吻一个病人的母亲？”她柔柔地说道，两颊上的眼泪还没有干，我轻轻地拭去了她的眼泪。

“是的。”

“我想我应该感到荣幸。”

“我完全不受控制地被你吸引了。”

“不受控制地？”

“我一直在抵抗这种感觉。”我承认，“我应该继续吗？”

“什么？觉得我很有魅力，还是抵抗这种感觉？”

“抵抗这种感觉？”

“是的，当然还要一段时间。我现在还没有准备好，我想你可以理解的。”

但当我靠上前去再次亲吻她时，她并没有拒绝。这一次比上一次吻得更深，我又一次身处另一个世界，在其中深深沦陷，沦陷……

直到某种事物阻止了我继续吻下去。我无法解释这到底是怎样一个东西，这是一个糟糕的感觉，我顿时产生一种奇怪的恐惧感，告诉我有什么事情不对劲。是菲利普·梅尼尔的警告？是我对苏菲那隐隐约约的愧疚？还是别的东西？远处的噪声？一种直觉？反正有某种事物让我不得不强迫自己在亲吻中睁开眼睛，望向落地窗里的病房。我看到远处的床上有一个果断、迅速的动作，这让我停下了那美好的吻，倒吸了一口气。我推开娜塔莉，心里十分痛苦。

“怎么了？”她警觉到了什么。我张开嘴却不知该说什么，呆呆地望着病房。

路易·德拉克斯坐了起来。

第四章

坏的事情会发生，最终只会以眼泪收场。

“你看到我是嫁给了怎么样的一个懦夫了吧？”她脱口而出，“什么样的人会对自己的儿子做出这样的事，然后就一走了之？”

像是有电流穿过我的身体，我坐了起来。

他们在亲吻。

他们不应该那样的，是吗？坏的事情会发生，最终只会以眼泪收场。外面的阳光太刺眼了。如果你直接望向太阳，一定会被刺瞎的。

“我爸爸在哪里？”

在我五六岁的时候，我有各种愚蠢的、孩子气的毛绒玩具。别笑，我那时只不过是个小孩。每个小孩都有一些孩子气的动物玩具，尤其是在你一直住院，又不喜欢机器人（因为机器人是一个失败的同性恋）的情况下。当我大了一些，七八岁的时候，我用这些毛绒玩具来玩死亡游戏。我把这些玩具排成一排，企鹅先生、兔子脸、袋鼠皮夫和帕夫，一只叫“小猪”的老鼠，一只叫作“米妮”的黑白相间的猫，它们轮流死去。有时它们会在抵抗邪恶的斗争中英勇地死去，有的时候则是发生意外，如淹死、被勒死或是——我还会去书上查阅一些危险的药剂或是毒药，让那些娃娃被毒死。只要你找到正确的书，就可以查到这些，比如说菌类书籍、《医药百科全书》。胰岛素、氯仿、砒霜、沙林毒气和羽扁豆种子……只要吃一口，就足以毙命。

有时皮夫和帕夫决定一起死。最棒的一次是，皮夫把帕夫放进了自己的口袋里，然后坐进我的模型飞机中，飞出窗外，坠毁在院子里。太酷了，它们也很享受这个过程，这可是神风特攻队的拿手绝招呢。

一个毛绒玩具死掉的时候，我们会举办一场葬礼。其他动物会把死去的那只动物放进鞋盒做成的棺材里并致辞。有时它们会说自己有多伤心。我很伤心，伤心欲绝。但是有的时候它们会笑。当“小猪”把企鹅先生放进一个假的微波炉里，杀死了企鹅先生后，它说：“如果可以的话，我还会再做一次，因为企鹅先生很邪恶，我恨它。它该死，它应该被切掉小弟弟。”

“为什么只有皮夫和帕夫？帕夫的爸爸在哪里？”当我和动物们吃完葬礼上的爆米花后，我这样问妈妈。

“帕夫没有爸爸。”妈妈说道，又在看美女杂志。

“为什么呢？每个人都有爸爸的。”

“其实不是每个人都有的。”妈妈说，放下了手中的美女杂志，望着爸爸。爸爸正在看报纸上的体育版。

“为什么呢？”

“因为有的爸爸并不值得有孩子。”妈妈说，“还有一些爸爸，只是假装自己是爸爸罢了。如果他们是真正的男人的话，就会照顾他们的家人，而不是去追寻过去那愚蠢的梦想，那些永远不会成真的梦想。”

爸爸放下报纸，走了出去，然后我们就听到摔门声和汽车启动的声音。

“他要去哪里？”

“去机场。”妈妈说，“然后飞到天上去。”

然后爸爸又一次离开了我们，他很久都没有回来，因为他与他那邪恶的母亲露西一起住在巴黎。她是个坏母亲，把爸爸当作一个孩子一样宠着，他也许相信所有她对妈妈的胡乱猜测和恶意中伤。因为她很恨妈妈，觉得妈妈配不上她的宝贝儿子。她就是这么对爸爸说的，给他洗脑。给自己的儿子洗脑是一个妈妈所能做的最邪恶的事情，没有一个妈妈会这么做。

爸爸走了以后，我们把电视放在厨房里，妈妈允许我在吃晚饭的时候看电视。而她总是为了保持身材而减肥，不吃晚餐。现在是卡通片时间，电视上正在播放《阿斯泰里克斯》（动画片名），妈妈正在看杂志，杂志的封面上是一男一女的结婚照，标题写着“多米尼克的幸运第三次”。

“谁是多米尼克？”

“一个著名演员。”

“为什么他会幸运第三次？”

“因为这是他的第三次婚姻。如果一个人做同一件事情前两次都不成功的话，人们就会说幸运第三次，以祝他好运。”

“你结过几次婚？”

她笑了：“只有一次。”

“那爸爸呢？”

她把手中那本写着“幸运第三次”的杂志放在桌子上，看着我。

“露西和你说了什么吗？”

“没有，也许。”

爸爸说那是我们的秘密。她停了很久才开口说话，说的时候语速很快，好像是想赶快说完拉倒。

“他曾经与别人有过一段短暂的婚姻。但是他从来没有爱过她，只是认为自己爱过罢了。那是个错误。后来他遇到了我，我是他真正爱的人，比他爱她多得多。”

“她是谁？”

“不值得提的人，没什么好说的。他离开了她。那是很久以前的事了，他们离婚了。好吗？”

“那他为什么会因此难过呢？”

妈妈盯着我看了很久，好像我是一个怪胎一样。

“我有说过他很难过吗？”

“没有。”

“那你为什么要这样说？”

“我不知道。”

我还是觉得自己像个怪男孩。从她的眼里，看不出任何讯息。她的眼睛永远看起来都一样，像是里面什么都没有。她就是这样隐藏自己的情绪，让你什么都看不出来。

“如果他还是感到很难过，他就应该回头去找她，不是吗？他无法面对我们，无法面对自己的愧疚。你有一个什么都无法面对的爸爸。”

然后她又开始一页页地翻阅杂志，有一段时间我们什么话都没说。我在想，他也没法回头去找她了，因为她已经和别人结婚了，领养了两个中国女孩，还生了一个胖宝宝。但是我不敢对妈妈说这些话，因为男孩不应该让他们的妈妈哭泣。《阿斯泰里克斯》结束了，后面接着是《猫和老鼠》，就是那部汤姆猫一直想要抓住杰瑞鼠，但是杰瑞鼠总是可以逃走的动画片。哈哈。

“在爸爸之前，你有爱过别人吗？”

然后她就不笑了，也许这句话很不该问，她给我使了个眼色。

“我以为我爱过，但是我错了。”

“为什么？”

“因为那个人让我非常失望。”

汤姆的舅舅给它写了一封信，说自己想要过来待上几天，但是有件事必须提前警告汤姆，那就是它害怕老鼠，所以它希望在汤姆的住处没有任何老鼠。

“他是怎么让你非常失望的？”

她叹了一口气。“你有听过光荣这个词吗，路易？光荣就是做正确的事情，但是他做了错事，一件非常糟糕的事情。”

汤姆试着在舅舅来之前赶走杰瑞，但是当杰瑞意识到汤姆的舅舅害怕老鼠后，它就变着法地让自己变得可怕起来。于是情节就像平常那样发展下去，汤姆被熨斗烫到后倒进了墙壁中，在墙上留下一个猫形的大洞。我想问她那件非常糟糕的、不光荣的事情到底是什么，但是我不能这样。因为她望着我，好像我又会把她弄哭一样。男孩不该让妈妈哭，让妈妈失望。然后杰瑞笑啊笑啊，因为它又赢了。然后一个圆圈进入了画面，里面写着一行英语，剧终了，各位！

死亡游戏很适合独生子，独生子必须自给自足，如果他们没有朋友。妈妈在家一边忙着看杂志，了解如何让已经很美丽的东西变得更加美丽，一边因为爸爸再次抛弃我们而哭泣。有的家庭与别的家庭比起来很不一样、很奇怪。但是那并不意味着它们比别的家庭差。事实上，这是一个巨大的秘密，不能在学校到处告诉别人，尤其不能和老师说。这可能意味着他们就略胜一筹。

所以，嘘。

肥佬普雷兹说，对自己的父母有着复杂的感情是很正常的，因为爸爸不在家而憎恨他也无可厚非。恨也是爱的一部分。一个孩子所感受到的一切都没有关系。所有的情感都是被允许的，因为这个世界对孩子来说是一个很安全的世界。但是在内心深处，你一定知道你爸爸妈妈有多爱你。这就是他们决定周末再像一家人一样，带你去野餐的原因，不是吗？

一次出人意料的野餐。

发生了那件事，真是十分可惜。可能我已经快要完成我的波萨轻木螺旋阶梯模型了，我的老师齐达内先生也许会因为模型的高质量而奖励我，下课时带我踢足球。他说他现在有时还是会踢球来玩一玩。看吧，他不是只为了钱的。

本来那一切都可能会发生的，但是却永远都不会了，因为我们被困住了。山区里面很凉爽，有着树丛和不能靠近、下面就是溪流的悬崖。我们都唱着生日快乐歌，妈妈和我一起切蛋糕，爸爸照了一张照片，我们都偷偷许了个愿。我知道妈妈的愿望是什么，大概就是希望我永远都是这样一个小男孩吧。我的愿望是爸爸就是我的亲生父亲，因为如果他是我的亲生父亲的话，我就能把他留下来了。

但是事情发展得太快了，和我的秘密糖果有关。爸爸看见我在偷吃一颗糖，我试着藏起来，但是还是被他发现了。他一直对我大吼大叫，问着问题，然后他们大吵了一架，比平常的那种吵架要严重得多。这都是我的错，都怪我的秘密糖果。他们说着我听不懂的话，互相大喊大叫，妈妈又开始做情感工作。她像是疯了一样不停地尖叫着：放开他！你再敢碰我儿子试试看！然后我挣脱了，一直跑一直跑，但是……

但是……

如果眼睛闭着的话，看和想就是一样的。我在一间灯光很亮的房间里，医生在喊着，人们像是脚上踩着轮子般滑来滑去。有的时候你能看见太阳、月亮或是一座钟；有的时候可以看到爸爸妈妈很幸福时候的照片；有的时候会想到伏翼蝙蝠；有的时候会记起一部分的乘法表，比如说七乘七等于四十九；有时会想起肥佬普雷兹的望远镜，他们晚上做爱时发出的“哦，哦，哦”的声音；还会想起小狗尤奇被一辆卡车碾过的相片。口香糖、卢米埃兄弟、七乘八等于五十六、雅克·库斯托、飞天小女警、星星、七乘九等于六十三，然后你想到了一栋白色的、像是乐高玩具的建筑，周围都是森林。你像是一只气球一样高高飘起，七乘十等于七十，我在高高的空中，俯视着下方铺着碎石的白色路面。一辆救护车开来，卷起路面的白色灰尘。当救护车停下的时候，一个担架被抬了下来，上面有一个看起来像是已经死去的男孩，他的妈妈站在一边努力忍着不哭。还有一些像是从水下传来的声音。然后你看到像白云似的被风吹起的窗帘，还有更多的声音……

“我们在这里会尽全力抢救。”

“十毫升应该够了……”

“痼疾患者收容所。”

“男孩们送上他们的爱……”

“一大一小，我朝着他们尖叫，尖叫。但是他们听不见我的话，或是他们并没有在听……我无能为力。然后他就掉下去了……就把我一个人留在那里，尖叫着寻求别人的帮助。”

“你看到我是嫁给了怎么样的一个懦夫了吧？”

然后你就坐了起来。他不是一个懦夫。你想要尖叫，却发现自己没法发出声音。你睁开眼睛，看到她在那里亲吻一个男人，一个不是爸爸的男人。他们在远处，就像是在电视上一样，阳光很亮，他们拥抱着，然后那个男人突然推开了她。

“妈妈！”你想大叫，却发现自己发不出任何声音。因为你被困住了，只能呆呆地望着他们，直到再也看不见。突然耳边有无数声音爆开，有人用手托住了你的后脑勺，你睁开眼睛，却还是什么都看不见。妈妈在尖叫。这不是他的错！他不想要这样的！那只是一起意外。

那尖叫声就在我的耳边，实在是太响了。

“路易，你能听到我说话吗？我是达纳谢医生，你在医院里。”

医院糟透了，你吻了我妈妈。

“你发生了意外，一直在昏迷之中，就像是睡觉一样，只不过更深沉一些。”

走开，别吻她了。

“但是你挺过来了，现在你在这里。”

不，我没有，我还在别的地方。走开，你这个变态的浑蛋。我爸爸在哪里？我想要我爸爸。

他的手上像是有几百万伏的电力。他在电击我，我想大叫走开，你这个变态，别管我。但是我什么声音都发不出，我的头像一颗铅球，重力让我的脖子无法承受，我的头好像随时会掉下来，砸断我的脖子，然后我的麻烦就更大了。你觉得妈妈喜欢有一个像我这样麻烦的小孩吗？

“我说路易，你能听到我说话吗？你在医院里，在普罗旺斯。”

不，不。我听不见，因为我已经找到了关机键，现在关掉最好。

我按下了关机键，所有的声音都消失了。

除了一个。

“你好，年轻的先生。”他说道，“欢迎你来到你的第九条命。”

他的头上包着绷带，声音嘶哑，好像吞下了碎石一样。

第五章

路易的身体好像是一个布偶，被一个陌生人操控着。

表面上，路易的奇异痉挛并没有改变什么，但是就像是大地颤动一样，以无形的方式撼动了我们。我后来回想，整件事情最糟糕的一点是他母亲的反应。当时我就应该立刻认识到事情的真相碎片还没有拼凑起来，少了其中某个最基本的、无法挽回的东西。她的心里还有一个可怕的真相，叫嚣着要冲出来。但是我是盲目的，我们都是盲目的。

当我看到路易从床上坐起来时，还来不及想到他可能是醒过来了，一股迷信的愧疚突然涌上心头。他听到我们了，看到我们了，他知道了。我快步跑过花园中的小径，带起下面的碎石和白尘，跑上阳台上的石阶。我知道娜塔莉就在我身后跟着，让我等一等，解释一下到底发生了什么。

但是没时间了。我冲进落地窗，发现病房里面乱成一团。护士都跑进来，大家挤在床边，还包括几个访客，伊莎贝拉的父亲就是其中一员。当我过来的时候，他们让出一条路来让我经过。我看到路易还是坐着，不禁生出了一线希望。

他那小小的、痛苦的脸颊如珐琅一般纯白，闪着湿热的汗。那双黑色的眼睛，比我想象的大很多，直直地望着前方。我坐在床上，双手轻轻地捧起他的脸，把我的眼睛对上他的。但是当我望进他那如潭水般的眼睛时，仿佛是望进了黑洞。不管路易看见的是什么，肯定不是此时此刻的东西。他只是纯粹地凝视着，眼睛一眨也不眨，像是受尽折磨的人所表现出的内向型疯狂或是深深的孤独感。我突然不自觉地颤抖了一下。我们完全没有预料到路易·德拉克斯会有一个如此坚决的大动作，或许他还有其他的动作。

那个孩子说话了。声音很轻，几近耳语。

“我爸爸在哪里？”

这句话在空中静静地回荡了一刻，然后他妈妈尖叫了。我推测大概是惊吓过度的反应迟滞。大家都还来不及反应路易说的那句话，突然娜塔莉就扑到路易身上，疯狂地用双臂紧抱住孩子。

“是爸爸的错！他并不想那么做的。那只是意外罢了。”她哀号道。

“让开，你想要杀死他吗？”我吼道，把她拉开，“他头部受伤了，别碰他！”

我拉住她的上臂，很是用力地把她推到床旁边的椅子上。她坐在椅子上，瑟缩着，把头埋在手掌里，像是被电击了一般抖动着。我为自己如此粗暴的行为感到后悔，但是这时没空计较这些细微之处了。路易需要我的关注，他母亲可以自己照顾自己。杰奎琳迅速地评估状况，与我得出了相同的结论：娜塔莉·德拉克斯，此时正处于一种歇斯底里的状态，对我们来说是一个负担，需要被请出病房。在这段时间，她和贝尔特说服她与她们一起，站在离路易的病床稍远一些的地方。

“路易，你能听到我说话吗？”我问道，还是无法相信他居然能开口说话了，“我是达纳谢医生，你现在在医院里。”

男孩还是在病床上坐得笔直，被床边的家具和监视器环绕着。我小心翼翼地屏住呼吸，等待着男孩再开口说话，但是他什么都没说。除了他的嘴唇还有些微微张开之外，完全没有迹象显示他曾开口说话。他的嘴唇很干。我把他的脸捧在手中，以便直视他的眼睛。有一瞬间，里面似乎有生命闪烁的痕迹。

“是的，路易！”我终于呼吸了。

但是当我发现手中他的头越来越重的时候，一丝希望也破灭了。我迅速地换了姿势以保护他的后脑勺。这时我清楚地感受到他的脖子上有一连串的肌肉抽搐，之前涌入他体内的能量现在又渐渐退去，就像是海水慢慢消失于沙地中。他向后倒去，眼睛也闭上了。结束了，他又回到了原来的那种状态。我估计整个事件发生的时间不超过两分钟。不管是由于什么无法解释的抽搐，让他的身体突然能动起来，都已经结束了。我彻底被打败了。某件事情就快要发生，却又没有发生。然后愧疚感又席卷而来。如果我专注于工作，多在病房里陪着路易，而不是在花园里亲吻他的母亲的话，亲吻他的母亲，我的天呀，事情会不会不一样？

那小小的声音，要找爸爸。昏迷的病人并不会这样。我行医二十年来都没有……

我的思绪在打转。

同时，娜塔莉在儿子痉挛发作的时候反应也很奇怪。我后来回想，觉得她像是看到了一个鬼魂。也许她真的以为自己看到了鬼魂。

“如果你可以安静一些的时候，就可以过来了。”我调整了路易的滴注器，对她说道，“但是现在，还是请你先回家。”

“我要留在这里陪我儿子。”

“不。”我坚定地说道，杰奎琳拍了拍她的手臂。我注意到，娜塔莉·德拉克斯都会避开与人的身体接触，好像她会因此被剥去一层皮一样。“相信我，这样对大家都好。”我说道，“你一定要相信我们，现在试着放轻松。”

“放轻松？”娜塔莉的声音有些嘶哑，“我儿子第二次差点起死回生。你却让我放轻松？”

她的脸，就如她儿子的一样，突然变得惨白。她那涂了红色唇彩的嘴巴，在惨白的脸的映衬下，像是脸上一道血红色的伤口。

“现在跟我走吧。”杰奎琳说。她的语气很和善，但是带着一丝不容置喙的坚决。“我们去咖啡厅喝杯咖啡。我们可以在那里聊聊路易，我会把你介绍给别的一些病人亲属。夫人，你该和他们聊聊了，也该听听他们说的。他们看过一切状况，我也是。我还没告诉你保罗的事吧？现在我该和你说说我儿子保罗的事情了。”

然后她就把那个可怜、心碎的女人带走了。

我虽然被娜塔莉的行为吓到，但是在某种层面上还是可以理解的。人的心灵很脆弱，而她的心灵还被那些无法想象、无法预知、无法解释和不公平的事情，一次次地打击。我也得承认，这个超现实的插曲让我也很想尖叫。我觉得，路易的身体好像是一个布偶，被一个陌生人操控着。

好像从他那干燥的双唇里说出的声音，并不是他自己的。

▶ 第六章

在你的第九条命里，事情不太一样。这条命比你的第八条命要远得多，到了一个完全不同的地方。

如果你想要躲的话，这个地方很合适。

“我的名字叫古斯塔夫。”那个长相可怕的人说道，“你叫什么名字？”

除了怪胎，我还是什么都记不起来。“不关你的事。”我这样对他说。

“我一直在等你。”他说，“我希望你回来，我在这里很孤单。”说罢他伸出手来示意握手，但是我动也没动。别动，别动，别动。什么都别说，什么都别说，什么都别说。你不应该碰触一个陌生人，或是让他碰你，因为他很有可能是个变态，或是有恋童癖。再说，他看起来像是个木乃伊，就是那种被腌制起来的人。而且他身上还散发着花瓶水的臭味。我能看见他的一部分嘴，似乎是在微笑，也可能是他饿了。

“那我该叫你什么呢？”古斯塔夫说，“每个到这里来的人都有一个名字。如果你记不得你的名字了，他们就会给你起一个名字，或是你自己再想一个。你觉得古斯塔夫这个名字适合我吗？我渐渐地喜欢上这个名字了。”

谁都能看得出来，他的身上满是细菌。妈妈要是看到他一定会尖叫。她会尖叫着说他是个恶心的变态：“离我儿子远一点，不许碰他，不要靠近他。他不是你的，离他远一点，你这个浑蛋。”

“布鲁诺怎么样？”

“你肯定是在开玩笑吧。”我说，“你知道，我宁愿被叫作先生，也不想被叫作布鲁诺。我宁愿死了也不要叫那个名字。”

所以古斯塔夫又说了几个很愚蠢的名字，像是让·巴普蒂斯特、查尔斯、麦克斯、卢多维克，还有最糟的一个——路易。

“路易这个名字糟透了，我绝对不会同意被叫作路易的！我宁愿被叫作怪胎。”

“冷静一点，年轻的先生。”他说道，“只不过是个名字罢了，我就很喜欢那个名字，我觉得那是个好名字。我觉得你被叫作路易很合适。”

就在那时，我记起了一些事情。路易·德拉克斯的奇异谜团，那个意外连连的男孩。那一定是一本我曾经看过的书。

“路易·德拉克斯。”我说，“曾经有个男孩叫路易·德拉克斯。”

在你的第九条命里，事情不太一样。这条命比你的第八条命要远得多，到了一个完全不同的地方。那里并不是妈妈所在的地方，她说：“那是一个很美丽的地方，非常漂亮、阳光明媚……

有时候太热了，那里几乎每年都会发生森林火灾。那些纵火犯会故意放火。”她还是一直在我耳边喃喃：“醒来吧，路易，醒来吧。”但是我太远了。“我爱你，亲爱的。妈妈就在这里陪你，我的宝贝……这里有一个很好的医生叫帕斯卡·达纳谢，他会照顾你的……”她总是在我耳边轻语，好像在说什么秘密一样，好像这个世界上只剩下我和她了。她还会给我唱一些婴儿摇篮曲，都糟透了。

“你不需要听的。”古斯塔夫说，“你可以把听觉的开关关掉。”

“我很想认识认识纵火犯。”我对他说，“我想亲眼看他纵火，甚至还可以帮他一把。”

她说我们等会儿可以去花园走一走，他们会把我捆进一个轮椅中，然后由妈妈推着我过去，好像我是婴儿车里的小宝宝一样。“那是个很美丽的花园，别的病人也都出来了，因为今天微风习习，你可以闻到海的味道，还有树林中的松树味。帕斯卡·达纳谢医生是个好医生，是这方面顶尖的医生之一，他对自己的专业也非常了解，对你也充满信心。他知道你会醒过来的，我也知道的……”

“在这里最好的事情就是，我们很安全。没有人知道我们在哪里，没人可以找到我们……我们重新回到只有你和我的生活，就像以前一样。”

什么以前的生活？什么乱七八糟的。

“别听了。”古斯塔夫说，“跟我说说话吧，跟我说说故事。”

所以我就告诉了他关于肥佬普雷兹的事情。肥佬普雷兹的房间里有一个巨大的玻璃缸，里面有水和贝壳，就放在你前面的桌子上。你可以把头伸到里面去，假装自己要溺水了。如果你身材很瘦小的话，可以假装自己是一只寄居蟹，把身体塞进一只贝壳里，只留脚在外面，当要出去（比如说是从玻璃缸的一头到另一头）的时候就直接走出来就好。

“你说怎么样，路易？”肥佬普雷兹说道。

我没有回答，因为我忙着把整个身体塞进一个小小的黄贝壳里，我可以在其中专心想着最后一集的《飞天小女警》。就是在机器鲨鱼攻击之后，她们还没有发现毛毛被吞下去之前的片段。毛毛一直在实验室里制造一种可以扭转时间的药水，以把土地还给动物们。我可以听到普雷兹的声音，但是听不到他具体说的话。我现在在我的贝壳里，在这里很安全，可以尽情地想毛毛的事情，忘记他所说的话。

他知道我们之间的关系并不好。

“这不是任何人的错，很高兴能够与你一起合作，路易。我学到了很多，我想你也学到了很多。但是你妈妈认为我们应该结束了，我很遗憾，路易。我已经习惯于慢慢取得进展，但是你妈妈觉得我们并没有任何进展。至少，不是她所希望的我能够给你带来的那种进展。我现在只能告诉你，你妈妈认为我对你没有任何帮助了。”

你不会以为他在说这些话的时候，我会哭。你会认为我会为终于甩掉了这个又蠢又肥的男人，而感到很高兴。而不是像个愚蠢、软弱、爱哭的宝宝，对着他一遍遍大喊：“不！请不要这样，普雷兹先生，不！”

但是他说他很抱歉：“这是你妈妈的决定。都结束了，路易，不用再来了，你不再需要我了。”

“我需要的！”

“你会知道的。”

“不，你才是会知道的那个人。”

我对他这样说道，然后就爬进贝壳和《飞天小女警》中的毛毛待在一起了。

第二天我给肥佬普雷兹写了一封信，还放了一些默德的粪便在里面。一共八粒，因为那时我只有八岁，还放了一些木屑。我从爸爸的书桌上拿了一个信封和一枚邮票，写上了收件人的名字和地址——马塞尔·普雷兹，里昂市格拉特席耶勒区马勒塞尔布街八号。第二天早上去学校的路上，经过一个邮筒时，我说：“妈妈，快看那里，看到那条狗了吗？”

我指向路的另一边，当她在找那条狗的时候，我把信从口袋里拿出来塞进了邮筒里。

“你看到那条狗了吗？”

“看到了，它很可爱。”

“你真的看到了吗？”

“但是我看不出它的品种，也许是哈士奇？”

“或是杜宾狗？我想它可能是一条杜宾狗。”

这就是妈妈的有趣之处。她能够在没有狗的时候看到狗，甚至是你编出来的那些狗。

你是个大骗子，肥佬普雷兹。是你告诉她你再也不想见到我了。是你告诉她你受不了我了。她就是这么告诉我的。而且你曾经说过我们的对话不会外传，那也显然不是真的。所以你糟透了，我希望你早点死，或是感染一种恶心的病。

路易·德拉克斯

我能感觉到，古斯塔夫一直从绷带的缝隙里盯着我。如果有人一直盯着你看，但是他的脸却掩藏在绷带之下的话，你完全不知道他是敌是友。他一直盯着我，好像我是他的敌人或是儿子，或是我住在他的脑袋里，又或是他住在我的脑袋里。

“嗨，路易。”达纳谢医生说，“外面天气很好，终于有一些凉风了。我知道你可以听见我说话，路易。我希望你可以试着再与我们接触。你试过了，对不对？我知道你试过了，我能感觉得到。”

什么都别说，什么都别说，什么都别说。

“你妈妈在等着你。你有没有听她给你录的那些磁带？我希望你听了。我很期待你能醒过来。我太太从她的图书馆里找了一本《动物的精彩世界》给你。我刚刚读到有关蝙蝠的故事，我知道你很喜欢它们。我猜你一定对它们了如指掌，是吗？我觉得这很有趣。”

然后他开始念书上有关蝙蝠的片段。

“你知道蝙蝠是唯一会飞的哺乳动物吗？其他的哺乳动物可

以从一棵树滑翔到另一棵树，但是蝙蝠却是可以像鸟类一样使用翅膀的。它们的翅膀其实是皮肤间的薄皮，叫作薄膜。这样的薄膜由手指、前后肢和尾巴共同支撑。除了南北极之外，全世界都可以找到蝙蝠的身影，但是大部分的种类……”

他的声音越来越远，几乎听不见。

热带和亚热带。大约有一千种已知品种。在欧洲大约有三十种，都是以昆虫为食的。

人们来来往往。你不知道会看见谁，谁又会突然消失。墙上有一个钟，但是时间总是跳来跳去。有时候夜晚太过漫长，白天只有一分钟而已。有的时候又总是白天。

“你之前在做什么？”我问古斯塔夫。他还是会让我吓一跳，但是我知道他不会伤害我。反正他的碰触是不会伤害到我的，因为他并不是真实存在的。

“我已经记不起来了。只能记得一部分，没有人能全部记得的。我曾经有个妻子，她的名字叫……有的时候我能想起来，但是今天想不起来了。我只记得我在一个很黑暗的地方，一个洞穴里。”

“会有人来看你吗？”

“没有，只有我一个人。我肯定是做了什么坏事，才会这样。可能是非常邪恶的事情。你呢？”

“我妈妈在这里，我爸爸是个飞行员。他来的时候，会给我带乐高玩具模型，还有别的一些东西。他很快就会来了，他就在路上。”

如果是肥佬普雷兹的话，就会在那时问我问题。古斯塔夫并没有，这一点我很喜欢。我在想他对他妻子做了什么。也许他是个强奸犯。也许他硬逼她做一些她不想做的事情。比如说硬逼着她生了一个她不喜欢的孩子，恨不得那个孩子死了才好。强奸是一件很糟糕的事情，你可以在字典里查到这个词，会让你非常失望的。

然后突然到了晚上，有暴风雨袭来，墙上的钟显示现在是三点。

大人有时会做一些蠢事，你要相信我，我的甜心。你的爸爸非常爱你，他并不是故意那样做的。妈妈们总是会在那里陪着她们的孩子，有一天我们会自由的。他会离开我们的生活，我们就可以一直快乐地生活在一起了。

我在想，古斯塔夫是不是也能听到我听到的声音，还是他听到的是别的声音。

“你发生了什么？你的脸怎么了？”

“我不知道。”他说，“我都不记得自己长什么样了。”

“我的爸爸，他的手臂也像你的一样毛发很多。你站起来的时候高吗？”

“我想挺高的。”

“我爸爸也是。”

“那你妈妈呢？”古斯塔夫问，“你妈妈是什么样的？”

“如果没有我，她会疯掉的，会发生一些非常糟糕的事情。

她无法相信男人，因为男人都很坏。我知道她会有多疯狂，但是医生们并不知道，没人会知道，就连杰奎琳也不行。如果爸爸在这里的话，他也会知道的。他就像我一样了解她。她总是会在我的耳边轻语，总是在说着‘那不是他的错，你不能怪爸爸’那样的话，有时还会给我唱一些婴儿歌曲。”

“怪他什么？”古斯塔夫问。

“我也不知道。但是他一定是做了什么很糟糕的事情，一定是让我们非常失望。”

我刚刚真的那么说了吗，还是只是想象而已？当你和古斯塔夫在一起的时候，可不知道到底是怎么回事。我们也许都睡着了，因为当我醒来的时候他正在用我几乎听不见的声音小声说着。

“到处都是水。像是一个游泳池或是一个湖，但是里面太黑了，我什么都看不到。我的脸受伤了，我可以感觉到脸上有割伤和瘀伤，我的鼻子也被撞得稀巴烂。我完全不能移动双腿，手臂也只有一只可以移动。当你一个人在洞穴里面的时候，就会有一些非常奇怪的想法。我对过去的一切都记不起来，除了我妻子的名字。我把她的名字用血写在墙上以便记忆。我一直在想，如果我回到那里去，就会看见她的名字，这样我就会又记起她的名字，一切就又说得通了。我也把我的宝贝的名字写在了上面，我们有一个孩子。”

“他多大了？”

“我不知道。我想就是一个小宝宝，很小的小宝宝。”

“他戴着有兔子耳朵的蠢帽子吗？”

“我不知道。”

“好吧，那是个男孩还是女孩？”

他还是不知道。“也许你以前是一个洞穴探险家，在探险的过程中迷路了，补给也都用完了。所以你才一直那么饿。”

“有可能。”

“有可能我掉下来就是因为我总是会出很多意外。我是一个奇怪的、有出意外倾向的男孩。”

“是的，你确实是。”

我本来想问他，他是怎么知道的，但是他又不见了。不过我知道他会回来的。像那样的噩梦，总是会一直出现。而你并不是决定它们是否会来的那个人。

一段时间过去，达纳谢医生过来大声朗读《蓝色星球》。古斯塔夫默默地看着他，一言不发，但是我知道他在想什么，因为我也是那么想的。达纳谢医生累了。我们可以从他的声音、皮肤和骨头中感受到他的疲倦。而且他吃了一片安定。医生们有时会这么做，如果他们确实需要的话。而他最近确实需要。

现在他正读到有关巨管虫的部分。巨管虫看起来非常恶心，因为它们就是巨大的管子，由黏糊糊的肉组成，比一个成年人的手臂还粗。管子的一端是嘴，一端是尾部。但是只有海洋生物学家或是另一只巨管虫才能分辨出哪里是头哪里是尾。它们住在深海海床下方四公里处，那里都是毒药。在那里发生的事情，在陆地上并不会发生。在一些根本不该有生物出现的地方，居然会有生物出现。这种生物可以依靠毒药生存，这实在是很不科学。但是那对它们来说并不是毒药。它们已经完全习惯于毒药了，它们就出生在那里，如果你想要让它们离开毒药，它们可能会死去。

“看好了。”古斯塔夫说。

达纳谢医生突然不读了，你可以听到书掉落在地上的声音，他并没有把书捡起来。

“现在是你的机会。”古斯塔夫说，“你知道该怎么做，年轻的先生。现在就做吧，在你还能做的时候。他什么都不会感觉到的。”

“你会帮我吗？”

“不能。我现在要暂时离开你了，年轻的先生。你要一个人完成这件事。”

然后他就走到房间的角落，那里全部的东西都是白色的。他开始一直咳嗽，直到咳出血、呕吐出来。他在角落里默默地看着我。我做着我们心照不宣的事情。因为如果你说出来的话，事情就不会成功了。

第七章

如果同情不是爱慕之情的一种，又是什么？

正如娜塔莉·德拉克斯之前所说的，杰奎琳留意到她那天没回病房。当晚我在办公室待到很晚，完成了里昂研讨会的草稿。苏菲又和盖·沃丹的妻子丹妮尔，还有一帮叽叽喳喳的女性朋友一起出去了，这会给她们以力量对丈夫凶起来。我不想穿过酷热的橄榄树丛回到没有女人的空荡荡的家里，感觉焦躁不安又无所事事，于是就返回到昏迷病房，探望我那些无声的病人。

值夜班的护士告诉我伊莎贝拉又非常活跃，我拉着她的手陪着坐了一会儿。刚来时，她的指甲被咬得短到肉里，如今，修长而优雅，被杰奎琳修剪过还涂上一层指甲油，非常漂亮。她转个身，短暂地睁开眼睛，轻声打了个哈欠，又陷入一种麻痹状态。

我对着她说了会儿话，告诉她我对新来的理疗师卡琳娜的看法，我刚把她招进来，而且对她很满意。之后，我转着椅子从一张床边滑到另一张床边，到路易·德拉克斯那儿停住了。他面颊柔和，皮肤苍白，嘴巴微张，睫毛又长又浓。我抚摸着他的头发，光滑而浓密，似乎比他刚来时长了一些。他一动不动，今晚我会在这儿陪他。今晚，我会努力做好他的医生，因为他妈妈那悲伤可爱的脸庞触动了我的心房。我会支持他，告诉他这是哪儿，我们要为他做些什么，或许还要进入他的脑袋。他竭尽所能要交流，甚至能说一些很少的令人惊讶的词。如此突然而强烈的冲动是有原因的。难道路易·德拉克斯一直比我奢望或想象的更清醒？

除了伊莎贝拉，整个病房都静悄悄的，她不时地发出一些小噪音，扭动着。在我的病人中，她的身体反应最为灵活，我想也最有可能恢复意识。护士报告说，自她爸爸来后，她睡觉醒来的循环有明显变化。这些不大会是巧合，或许我们即将会看到什么。

我依旧感到兴奋不安，于是吃了一颗安定，在路易的床位旁停了下来，大声地为他朗读《蓝色星球》，这本书是苏菲帮我搞到的。当我像路易那么大的时候，就读这类书。我是库斯托的忠实拥护者。但是我很疲惫，当我读到一种名叫管状虫的深海生物的生命周期时，我感觉到自己的声音越来越虚弱无力。不知什么时候，书从我手上掉到了地上。

我觉得自己没睡多久，感觉像是几秒钟而非几分钟，然后突然惊醒，非常不舒服。我做了个噩梦，梦见一条浑身裹着血淋淋绷带的巨大的虫子钻进了我的颅骨，就像那些虽然荒唐但看似真实的梦，从梦中惊醒，还担心自己是否真的逃过一劫。我转过椅子，赶快起身，这时听到一位年轻护士在值夜台旁的呼吸声，吓了她一跳。

“对不起，达纳谢医生。”她小声说道，踮着脚看着我，“你吓我一跳，这么快就睡着了。”

“几点了？”

“四点半。我之前就该叫醒你的，但是没敢叫。”

“为什么不叫我？这比我预想的晚多了。”

“对不起。只是，呃，之前，大概两个小时之前，你在梦游。我听说不应该唤醒——”

“什么？”我感觉到突然发热然后又慢慢冷了下来，“我去了哪里？”

“我没怎么看到，但是你离开了病房。当时大约两点左右，我要换便盆，后来又到厨房给自己泡了一杯草药茶，回来的时候，你正往病房来，回到路易的床前。我以为你醒了，和你说话，可是你什么也没说，看起来有些奇怪。这时我才意识到你在梦游。我带你走到椅子那里又坐下，就还是睡着的状态。”

“太诡异了。我眼睛睁着吗？”

“睁着，但是似乎什么也看不到。你看起来……呃，看起来像瞎了，达纳谢医生，完全瞎了。”

没有人喜欢失控，尤其是在下级员工面前。玛丽·海琳·夏洛特护士在担忧地看着我，我告诉她，她做得对，根据教科书她做得对极了。我试图拿这件事开个玩笑，但是内心深处却很不安。什么引发了我这样的行为？莫非自己倒退回了小时候？

我吃了一些药，谢过夏洛特护士，出门走入夜色中，在半清醒状态下，试图搜寻出一些理由。离开医院的冷气，一股热浪迎面扑来，立刻感觉到白天残余的热气带来的压力沉甸甸地压在我的肩头。在几乎满月的月光下，橄榄树丛闪耀着诡异的光芒，我的鞋子沾了露水，反射着星光。回头向医院望去，只见山顶上低矮的平顶建筑，灯光似乎比以往更亮，为它披上一层光环，然后消失在满天星斗的夜空中。看起来像一座寺庙或是什么神圣的所在——一个产生奇迹的地方。但是这种想法并不能使我感到安慰。我深吸一口芳香的夜间空气，想把感染我的奇怪东西驱走。但是似乎它们已经钻进五脏六腑，侵入肌肤。

回到家，苏菲醒了，在被单下翻了身，又困又热。我们的空调去年坏掉了，从此我们就用一台风扇凑合着，现在风扇正在床边懒懒地旋转，非但没有使空气变冷，反而搅动热气，向周围扩散。

“夜生活不错啊？”她喃喃地说。

“我在医院。”我告诉她。

“向德拉克斯夫人做报告？”她打了个哈欠，“替她擦眼泪？因为她确信你是世上唯一能救她儿子的人，而欣喜若狂？”

我没有和她争论。我还是觉得又困又乏。

“我要睡觉。”

“嗯，客房给你准备好了。”

我太累了，不愿为这些去争辩，尽管她的身体一直都能给我带来安慰。我想告诉她梦游的事，但是有什么东西——不是她最近对我的敌意——阻止了我。那是什么，我想不通，就是想不通。在最好的状态下尚且不了解自己，在这种骚乱酷热的天气里，加上之前路易抽搐，我比以往更不了解自己了。

我睡得很不好，似乎睡得越少，精神越好。第二天上午，盖·沃丹和我为路易做了两套脑部扫描，用来交叉检验。但是结果没有任何作用。我们一致认为，这都不该发生。从生理学角度来讲，这是不可能的，如路易在维希综合医院中起死回生，这不合逻辑。

“不管怎样，详细地记下来。”沃丹说道，“你永远不知道。与此同时，我想我们应该和他妈妈一起玩下去。”

我同意他的说法。自她在路易床前爆发后，我日益担心她的精神状态，极不愿意赞同她那关于儿子是“天使”的说法。

昏迷的人并不是对环境变化毫无反应的。那天上午我告诉她。她已经回到路易床边，在忏悔，但是脸上有一种安详而绝望的表情，还有恐惧。的确，她在害怕什么。或许害怕她的希望破灭？有这样的事儿。瘦瘦的额头下面，她的脸还是和我昨天看到时一样苍白，似乎这件事已经耗尽了她的血液。她没有化妆，我第一次注意到她眼睛的优美轮廓。她看起来很瘦弱，病快快的，我想要不要建议她做体检。“刚被挪到另一张床上，他有一些不自觉的动作，这很正常。”我告诉她。尽量使自己的声音听起来威严些。这并不意味着什么。不要误解为异常反应。

她会发现我声音背后由于不确定而在轻微颤抖吗？或者脸上毫无表情只是说明她现在心不在焉？“否认”，菲利普·梅尼尔用这个词来形容。

“非常对不起，帕斯卡。”娜塔莉说道，是一种低沉烦恼的低语，“我被吓坏了，你知道吗？我确定他会回来。他说……”

“对不起，我推了你。我不是故意的，希望没有伤到你。”

“我比你想象的强壮。”她说，挽起衬衫的袖子，露出上半截胳膊。看到她皮肤上难看的紫色瘀伤，我吃了一惊。

“这是我干的吗？”我吓呆了，低声问道，“我之前从未伤害过女人。”

我陷入极度内疚之中。

她苦笑道：“没关系，我有比这更严重的。我丈夫有时候非常暴力。”

我闭上了眼睛。

“他打你？”

她脸红了，看向一边，我认为答案是肯定的。我从未想过是什么让人们相互吸引，热烈的爱情如何会蜕化为毒药。除了有时候这个与疾病有关，惩罚与征服的阴阳平衡被打破，可怕的恐惧出现，导致可怕的冲动。我认为自己和苏菲的婚姻良好而牢固——过去这些年只受到过一些普通变化的影响。最近一段时间，我们确实忽视了对方——也只是近来的事。但是在其他方面我也如此吗？

“我不是这样的。”我突然脱口而出，“你要相信我。”

“我知道。”她轻声说道。我很欣赏她继续说下去时表现出的那种精致优雅。“看，我又为他录制了一盒磁带。”她说着，拿给我看，上面用工整的笔迹写道：妈妈第三辑。

“很好。”我说，尽量让自己听起来显得正常，但是内心深处，我还在因为看到那些瘀伤而惊慌，“放给他听。也要和他讲话。

你不知道会发生些什么。”

她把耳机放到路易耳朵上，按下播放键，抓着他的手坐在那儿，抚摸着他的头发。所有的母亲似乎都倾向于肢体接触。我想他们之间可能是一贯如此。这时，路易的脸有轻微抖动，这很可能没什么，但是娜塔莉不这样想，她朝我笑了，一种迟疑的胜利微笑。尽管我还因前天的事有怒气，尽管厌恶自己这样，但我还是不由自主地对她有一种好感。一瞬间，我回想起我们的亲吻，在那一微妙的爆炸性时刻，她是多么脆弱。我完全原谅了她，也暗暗地祈求她原谅我的突然冲动，因为我现在开始不安起来：我是要伤害她吗？我心里有个小小的病态的东西在怀疑，此时此刻，如果她光滑有雀斑的脸上的伤痕更多，看起来怎么样？我觉得很冷。

“谢谢。”她喃喃道，“谢谢你为路易所做的一切。”

“这不算什么。”我说，仍然被自己的思想所影响。

“比你知道的多。”她说。起身离开时，用手轻轻扶着我的手臂。

这一小小的举动深深打动了我，直接让我更加愧疚。她最终还是主动伸手向我求助，这使我认识到自己辜负了她的信任。望着她走出病房，进入走廊，想到她胳膊上的瘀痕，我意识到自己对这个别无所求的女人有一种无限的同情感——如果同情不是爱慕之情的一种，又是什么？谁会别无所求呢？她的骄傲不容许她明确说出自己需要什么，但是她的整个心灵都在叫嚣着，等待别人把她从内心的地狱中解救出来。难道同情不是爱的最高表现形式？我的心灵渴望她，渴望带走她的痛苦，也或许包括我给她造成的痛苦。我是一个中年傻瓜，但是此时我对她的感情是神圣的。

周末酷暑升级，几乎难以忍受。普罗旺斯的暑假危机四伏，人类的疯狂一点就着，易燃干燥的森林也为其造势。两年前，距离医院仅一公里的山丘烧成一片白地。烟火好多天才消散，救火直升机不停地绕着灾祸现场，像怒气冲冲的蚊子。现在正值暑假时节，热气加剧，白天几乎没办法待在外面。我想娜塔莉在别墅里怎么办，或许她和其他病人家属交了朋友，但愿如此，但是描绘不出这样的情形。尽管我没亲眼看见她走访大家，但是有一种感觉，她待在儿子身边的时间多得有点不正常。也许这就是事情失控的原因，据她说他们非常亲近。她触摸他的样子——着迷地抚摸着他的头发，当他抽搐时她扑倒在他身上的样子——证实了这点。“没了他，我不知道该怎么生活。”很感人但是也很令人担忧。亲人往往容易把自己和所爱的人等同起来而忘记了他们自身的需求。

整个周末，我都心神恍惚地熬着休闲时间，计算还有几个小时才能回去工作，再见到娜塔莉。同时，苏菲和我暂时休战。我们一起吃饭，讨论家庭问题，但是却躲着彼此。一个电气工来修理空调。我去剪了头发，理发师说这样让我显得年轻些。苏菲照料植物，和在蒙彼利埃的女儿们煲电话粥，读小说，而我则想念着娜塔莉，想着她所经受的一切，一定还很痛苦。我一次又一次地看到她胳膊上的瘀痕，像一个肮脏的秘密一样挥之不去。

周一我一直埋头于文案工作，准备周三在里昂演讲的幻灯片。我让诺埃拉不要打扰我，但是大约四点钟时，传来了迟疑的敲门声。

“有个电话找你，听起来很紧急。”她说，“是路易·德拉克斯的妈妈。”我立刻告诉诺埃拉，她打断我做得很对。我接了电话，电话那头娜塔莉泣不成声，听起来要疯了。

“帕斯卡，我在家里。我——”她声音哽咽了，“看，我非常非常需要你的帮助。你能——”

接着她摒弃了所有伪装，无法控制自己，完全崩溃了。

“求求你，帕斯卡！”她尖叫道，“可怕的事情发生了。你必须过来，现在。我需要你。”

我一把抓起钥匙冲了出去。

我打开前门，像一条疯狗一样吠叫着。穿越烈日下的橄榄树林到村庄的一路上，我都有一种恐惧感，害怕去得太晚了。也许娜塔莉比我想象的更脆弱。一个人孤零零在世上，比那些亲朋好友、同事团团围着的人更易、更快到达崩溃边缘。她什么亲人都没有，儿子昏迷着，丈夫有暴力倾向，在逃避警方追捕。她做了什么蠢事吗？如果这样的话，我是不是应该发现？

门关着但没上锁，我一进去就听见抽泣声。娜塔莉·德拉克斯坐在厨房地板上，抓着电话和一个信封，一条大型阿尔萨斯犬站在她旁边，爪子挠着地。我进门时，它又叫起来，娜塔莉叫它安静。

“没关系，乔乔。安静，他是一位朋友。”

她搂着那条狗轻拍着它。我不喜欢狗，但是也照做了。我猜打过电话后她就没有动过。我检查了她的脉搏，把她拉起来——轻若无物——和她一起走出厨房，到简单的小起居室去。狗跟着我们，明亮的大眼睛看起来很忧虑。桌边有一个笼子装着一只仓鼠，疯狂地踩着转轮，肯定是路易的。

“发生了什么事？你没什么事吧？”

“什么？”

看到她的确对我的问题迷惑不解，我就放心了。

“我想——”

“看看这个。”她把那个信封推给我，说道。是当地邮戳，她的名字和地址的笔迹都很奇怪，我从未见过——又大又不规则，铺满了整张纸，几乎像是个瞎子写的。还有些孩子气，有一种让我脖子发冷的原始意味。

“我回到家，然后……”

她突然停住了，满怀恐惧和厌恶地看着那封信。浅而急促的呼吸声和狗的粗粗的喘气声相呼应。我怀疑她这样很久了，拉她靠近我坐在沙发上，从信封里抽出一张随便乱叠的纸。纯白的纸张上有同样巨大的笔迹。整张纸给人的感觉是倾斜的，像个醉汉。无论是谁写的，都滑稽地花了大力气来掩饰他真正的笔迹，同样也更可能带来最大伤害。

亲爱的妈妈：

我想念你，也想念爸爸。但是我需要一个新爸爸，是吧？达纳谢医生想和你做爱。但是你知道我怎么想吗？我认为你应该和他保持距离，他也应该和你保持距离。你要离男人，比如说达纳谢医生远远的。我警告你，妈妈。不要让他们靠近你。不要让他们亲吻你。有危险，会有坏事情发生。我爱你，妈妈。

路易·德拉克斯

我无法正常思考，因为我的第一反应是惊奇和迷惑。他是怎么做到的？他怎么可能坐起来，抓着笔和纸，写封信给他妈妈，而不被病房里任何人注意到？即使他癫痫发作，这也很荒唐，难以想象。读后最初几秒钟，我想不出任何其他解释。看到娜塔莉的脸，心中升起了希望。

“我也认为这是他写的。”她坦白地说，“一开始这样认为。后来意识到这是不可能的——他不可能起床，邮寄一封信而没有任何人看见……但是还是骗自己说是他做的。不管怎样，有那么几分钟我很高兴，高兴极了。但是这不是他写的，是吧？”

“这是他的字迹吗？”我轻声问道，“像吗？”

“不是的，一点儿也不像。”

“那么……”

“这不是他写的。”她的声音平淡而呆板，“因为这不可能。这是其他人写的。”我在和迷惑做斗争，试图弄清楚，沉默了好一会儿。“天啊，你能想象他多变态吗？”她最后低声说道，脸埋在狗的皮毛里，“做这样的事？假装成路易？”

我在她的声音里听出了悲伤、恐惧和厌恶。的确很变态。但是不管是谁选择开这个痛苦而实际的玩笑，他都精明地读到了我的一些卑劣想法——达纳谢医生想和你做爱。这令人非常难为情。我感到很惊慌。到底是怎么回事？

“是谁呢？”我开始说话又停住了。

娜塔莉的头发垂在脸前，遮住脸，像一道苍白的瀑布。她的小手在不听使唤地颤抖，我注意到她没戴假指甲，真指甲看起来参差不齐。

“三个月了，没有皮埃尔的踪迹。”她突然说道，“自从野餐之后就没了他的踪迹。回到维希后，我在哪都能见到他——呃，我以为我看到了他。我那时状态很糟，疑神疑鬼的。但是过了一段时间后，他似乎真的从地球上消失了。我开始希望他离开了这个国家。我甚至以为他自杀了。”她停下来，“呃，希望，的确希望。但是只有真的非常熟悉路易的人才知道他会说什么。”

然而，为什么一个男人大费周章地假装成昏迷的儿子，警告妻子要远离其他男人呢？为什么不直接威胁她？他很清楚她住在哪里。我意识到或许下一步这些就会发生，想到他现在也许正在观察我们，一种奇异的感觉爬上脊背。

我开始惊惶不安起来，迅速朝窗户看了一眼，窗前是花园，花园外面是狭窄的鹅卵石乡村小路。我庆幸地意识到，任何想要监视这栋别墅的人，藏身都会成问题。当我站起来拉窗帘时，突然很高兴狗和我们在一起。

“但是我不明白。他想要做什么？”她只是坐了一会儿，椅子有节奏地摇来摇去。摇的时候，我看得见她下巴上的骨头。

“他想恐吓我。”她最后说道，抚摸着乔乔，把它拉到跟前。它舔着她的手。“他也想恐吓你。他一定一直在监视我们。”

“你打电话给沙维乐福警官了吗？”

“当然没有。打给她有害无益。”

“什么？”

“看，如果说我知道一件事，那就是警察找不到皮埃尔。现在他们比以往任何时候都接近真相。他在耍他们。斯蒂芬妮·沙维乐福调查路易的事故纯粹是场灾难。他们把什么事都搞糟了。沙维乐福只会审问我，然后几乎要指控我自己把路易推下去了。我了解她，她一定会认为那件事是我做的。她实在是一个多疑的人。”

她厌恶地拍着那封信。

“你的意思是只给我打了电话？”

她无畏地点了点头。

“无论如何，把她的电话号码给我，我们必须让她知道。”

娜塔莉震惊地看着我，但还是服从了。娜塔莉离开房间，乔乔跟着她。我想，她养条狗挺明智的。在某种程度上她知道真相，而其他人都不知道。她回来时带着一本红色的地址簿，上面写满了小字，递给我时，狗低吼了一声。

“乖孩子。”我拍了拍它的头，紧张地说道。

娜塔莉试图表现得很平静，但显然她太紧张，颤抖着没法拨号，于是我来拨。终于拨通了维希警察局的电话，结果沙维乐福警官在测试证据，随后才能接电话，但是我可以留言到她手机上。我留了言，然后打电话到莱拉克警察局。我在地方职能部门遇到过那维拉检查员几次。当我告诉他这封信和信的背景时，他的声音听起来很兴奋。确切来说，这不是什么大的犯罪现场。除了季节性纵火袭击，他还负责处理毒品、交通违规、零散非法枪支、入室盗窃。但是如今，他的地盘上突然有杀人犯在潜逃。

“你确认这不是那个男孩——路易——写的吗？”

“他昏迷了三个月，不能说话，更不用说写信了。但是显然写信是他的风格，所以写信的人一定非常了解他。”

“其中包含什么威胁的内容吗？”

我简要地解释了内容。

“我会想办法联系上沙维乐福警官。”那维拉说道，“除非我们确认是皮埃尔·德拉克斯写的，否则只能把它当作个别案件处理。”

我告诉娜塔莉那维拉正在来的路上，一队警察将会留意医院的动静，她看起来如释重负，却心烦意乱。等那维拉时，我试图让娜塔莉告诉我更多她丈夫的事，但她避而不谈。显然她讨厌这个话题，提到他时，她的声音中有恐惧、厌恶和不屑的感觉。她在人生低谷时候遇到他，从自小生活的巴黎搬到里昂——生活中发生了很糟糕的事，她必须离开。他看起来像个好人，实际上却自私而自恋。他和路易关系一直不好。他酗酒，作为飞行员，他努力控制自己不去喝酒，但是控制不了时，就找些聪明的法子控制自己，躲起来。他有时候有暴力倾向。

想到瘀痕，我红了脸。我斜着眼看向娜塔莉赤裸的手臂。深青发紫的令人恶心的印记似乎比之前更大了。

乔治·那维拉来看这封信时，娜塔莉仍然心不在焉。那维拉讨人喜欢，有一双锐利的棕色眼睛。他向我打招呼，说外面热极了。“戛纳附近有一起火灾。”他说，“如果细听，可以听得到直升机的声音。”他拍拍狗，问了它的名字，有趣的是，它似乎立刻喜欢上了他。那维拉坐在桌子旁，花了很长时间看信封。

“当地邮戳。”他喃喃地说。

他看完了信，非常专心地研究，就像我给病人做脑部扫描一样。他一直抚摸着狗，狗就一直热情地摇着尾巴。

“很奇怪。”他说，又一次把信举到灯前，“而且是用墨水写的。如今谁还用墨水？”

“很多医生用墨水。”我说。

“你丈夫有钢笔吗？”他问娜塔莉，我看到他注意到她的瘀痕，心里感到难为情。

“什么？”她的声音听起来很缥缈，“我不知道。或许有。他写得不多。”

他又问了些问题，娜塔莉同样心不在焉地回答。她的思绪肯定在其他地方奔驰。是的，她怀疑是失踪了的丈夫写的，因为他是唯一可能或者像这样做的人。不是，这根本不是他的字迹，也绝不是儿子的字迹。那维拉一边说一边把信塞进一个塑料袋里，然后开始做注释。这时，我想起那句“达纳谢医生要和你做爱”，那维拉非常细心没提这个。

这件事极其令人痛苦，也同样神秘离奇。事实上我的确做出了大胆猜想，但是现在看起来太匪夷所思。这件事在刑事上来看是非常不合适的，但是在道德上是非常让人不齿的。会不会是皮埃尔·德拉克斯洞察到了我的心理（或许这是任何男人的心理，或尴尬时候的心理），会不会是他狡猾的一部分？如果没有其他理由，这个就很有道理。他开始引起我的猜测。他在利用我？观察我？嘲笑我？

那维拉写完后，用圆珠笔轻轻敲着牙齿，沉默着坐了一会儿。

“我认为最好今晚别住在这里。”他告诉娜塔莉。

听到这，我舒了一口气，看到娜塔莉也是如此。如果她丈夫跟踪她，我们当然不会把她一个人留在这里。我建议她到医院去。有两个房间是为病人家属开放的，其中一间伊莎贝拉的父亲住着，但是德拉克斯夫人可以住另一间。我们一致同意，她打好包就带她去，次日早上她再回别墅喂狗。那时候，沙维乐福应该已经知道发生了什么事，在从维希来的路上。乔治·那维拉走的时候，娜塔莉浑身颤抖，叹了口气。

“我还是难以想象是他干的。这说不通，凑不到一起。但是如果是他……我的意思是，除了他还能是谁呢？”

她不再说了。现在他很可能在这里，就在村子里，或者待在莱拉克。意识到有这种可能就让人很不安。意识到我也正在被监视，更加令人不安。我和娜塔莉之间，皮埃尔知道多少？

“我收拾一个包裹。”她说。

我差点打电话给苏菲说不回去吃晚饭了，但是忍住了，因为我知道她会认为我在撒谎，而且理由也站不住脚，我感到难过，于是我决定放弃了。娜塔莉去楼上的时候，我看着仓鼠在窝边做一件复杂的事，似乎它想把床从笼子的一边挪到笼子的另一边。不知为什么，这让我心烦。为什么一个小东西会考虑这样重新挪动家具呢？我粗略看了看桌子上的一堆书，都是苏菲成套从书店买来的，有《男人来自火星，女人来自金星》《你说》《灰姑娘情结》。这些书看起来被多次翻阅过。娜塔莉把它们放进行李中，显然它们很重要。到处都是路易的照片，一整面墙都是。我想也许太多了。她对儿子是不是太着迷了？难道说这只是母亲感到骄傲的一种表现？还有一个完成了一半的飞机模型。对于一个九岁男孩来说，结构看起来很复杂。或许这是路易和他爸爸一起做的。

“仓鼠名叫‘默德’。”她回来后看到我盯着笼子看，说道，“它的家叫恶魔岛。皮埃尔取的名字，路易喜欢它。”我笑道：“恶魔岛上的默德。”

她为狗留了食物，然后我们进入车中，是雷诺牌的。空气很闷，我把窗户摇下来，试图吹点凉风。隐隐约约闻得到烟火味儿。我们静静地开了一会儿。

“如果他醒来。”她突然说道。

“这只是‘如果’，不要抱太大希望。”

我看着她的侧影。

“但是我必须知道。”她换了挡位，说道。她开车很紧张——习惯于在城市开车，在乡村开车让她无法计算里程。“如果他醒来，回忆起发生了什么事，对他会有什么影响？你一定听说过大约一年前美国的那个案例。一个男人小时候陷入昏迷，二十年之后醒来了。他醒来后就能说出袭击者是谁，他们进了监狱。”

她说话时异常活跃。让她的特点更加突出。

“但是一定是一件好事。”

“但是代价呢？你不觉得吗？”她瞟了我一眼，然后继续看路，“他自己的爸爸？”

我什么也没说。到了医院停车场，我们把车停进去。她熄火后，我们沉默着坐了一会儿，隔着挡风玻璃看到外面白得耀眼的医院大楼。黄昏的雾气中混合着烟火味和松林中树脂的香味，烟花和茉莉花的甜香味透过黄昏的热气袭来。知了尖叫着，由于暴风雨的逼近令人深感不安，感觉像热情或恐惧在骨子里孵化。

“看。”她说，“我知道那天他坐起来要找皮埃尔的时候，我反应有些过激了。我道歉。但是我首先想的是保护他。他怎么能承受发生的这一切？”

私下里，我必须承认她说得有道理，但没有必要当面认同。我向上看去，云朵正在聚拢。

“我说过，他醒来后，记忆力不大可能完整。即使他还记着一切，等到了那一天我们再做打算。”

“我们进去吧。”她突然说道，“我想我们不应该坐在这里。”

正如那维拉探员所承诺的，平常的保安换成了一名警察，他告诉我们保安正在医院大楼巡逻。我们径直走到病房，据值夜的护士玛丽安说，路易整晚没动；她还说警察们已经调查过了，每隔半个小时会再来看一次。

玛丽安看起来很担心。“可怜的路易。”她低声说道。我没听清楚她在说什么。

“皮埃尔可能会打电话过来。”我提醒她，“但是如果他打过来，或者任何人打通然后挂掉，或者不愿报出他们名字的，打电话给乔治·那维拉，然后再打给我。不用担心，你很安全。”

客房在大楼四楼。从接待室拿到钥匙，我们默默地上了电梯。房间挺大但是光秃秃的。看到水壶，她提议煮咖啡。我犹豫了一下，还是接受了。她到卫生间就着自来水把水壶装满。

“娜塔莉，”她出来时我缓缓说道，“我要你告诉我在山顶发生了什么事。”

她转向我，红了脸，立刻变得非常悲痛。

“我真的不想谈论这件事。”她轻声说道，拧开水壶开关，坐在我对面的扶手椅上。她向上看去，坦然直视着我的眼睛：“这很痛苦。”

“我知道，这一定很痛苦。原谅我，但是，呃，你已经告诉了警察，自然可以告诉我。我想作为路易的医生，我应该知道。也许路易想的比我们意识到的多。如果他真的从昏迷中醒过来，精神状态会影响到他的恢复。”

我看得出她正在拼命地不让眼泪流下来。水壶开始呼呼地咆哮着，和外面逐渐变大的风相呼应。

我缓缓地呼吸，等着她的下文。

“我们起了争执，我和皮埃尔。路易讨厌我们争执，试图阻止。”

“怎么开始起争执的？”

“路易口袋里有糖果，皮埃尔看到他吃了一颗，就非常生气。他不喜欢路易吃糖果，说我没把路易调教好。我根本不知道路易带了糖果。这不是什么大错误，但是皮埃尔就是不肯就此罢手，一直纠缠不休，他说我哪方面都不好，是个坏母亲。路易受不了就朝峡谷跑去。我们都去追他。皮埃尔先抓到他，他很强壮，一把抓起路易，把他拖到车里，说要把他带到巴黎去。路易挣脱并且逃跑了。但是皮埃尔又一次在峡谷边上抓到了他，他们扭打起来……我当时没及时赶到。”

她直视着我的眼睛，满眼都是震惊与悲伤。

“他跌落时我看到了他的脸，张着嘴似乎想告诉我什么，但是……”

她没继续说，我闭上了眼睛，可以想象得出这样的画面：爸爸吼儿子，娜塔莉尖叫着，孩子惊慌失措。但是路易是跌倒了，还是皮埃尔太过于愤怒而推开任何挡他的东西或者人？我等娜塔莉再说一些，但是她沉默了。我们听着雷声，都陷入了沉思。

“路易总是向着我。”她最后说道，“从来不向着皮埃尔。我告诉过你，他们关系一直不是很好。”

“为什么？”

水壶里水开了，发出咔嗒声。听到外面一声惊雷，倾盆大雨，知了都难觅痕迹。娜塔莉闭上了眼睛，说话时也没睁开。

“如果皮埃尔是路易的亲生父亲，也许他们的关系会好一些，但是他不是。”

“什么？”我不相信地问道，停顿了好久她才又开始说话。

尽管看不到我的反应，她还继续闭着眼睛。

“他的爸爸是别人。”

“但是是谁呢？”

“另一个男人，让·卢克。所幸他不在场，他也不应该在场。”

“哦，抱歉，我——”

“路易几周大时我认识了皮埃尔，后来我们结婚，皮埃尔收养了他。但是这不管用，有一些问题，皮埃尔很难把路易当自己的孩子对待。他的感情很复杂，有些消极。路易一直发生这样那样的事故，我想，这会不会是路易取悦皮埃尔的一种方式。我想普雷兹也开始思考同样的问题。治疗是一个缓慢的过程，总是会有些起起落落，呃，后来，突然中断了。”

现在轮到我安静一会儿来消化她方才所说的话。这有道理，之前她没有理由透露这些信息，但是现在她告诉了我，也就慢慢理解了。皮埃尔·德拉克斯对路易的负面情绪是开始。

“警察注意到这点了吗？”我最后问道。

“当然。”

但是总是有什么不对。这绝不应该是一包糖果引发的灾难——天啊！糖果引发了这样一场灾难！

“如果皮埃尔这么憎恨路易，我就不明白他究竟为什么还要收养路易。这又是为了什么？”

她似乎很惊讶地睁开了眼睛，似乎这个问题很荒谬。

“他想惩罚我，惩罚我们两个，因为我们太过亲近，爱彼此胜于爱他，因为我们不需要他。为了各种各样、正常人都不认为是原因的原因。但是皮埃尔认为这些都是原因。有的人就是需要一个发泄情绪的对象。”

我本来想再问她一些路易和皮埃尔关系的事，其实还有路易的亲生爸爸，但是止住了。她已经无法承受了，起码现在无法承受。她煮了咖啡，我们默默地喝着。我怀疑她是否服用了菲利普·梅尼尔开的百忧解（一种治疗精神抑郁的药物），但是我觉得自己一晚上就把她看了个透。她脊背挺直地坐着，很紧张，眼神空洞，忘记了世界，也忘记了自己。当我轻声问到她家人时，她说要打电话给住在瓜德罗普岛的母亲，不能太刺激她，但要告诉她发生了什么事。

“我得走了。”我告诉她，“你在这儿会很安全。”

我们都起身，我走到门口，亲了亲她的双颊。

“和你在一起我觉得安全。”她喃喃地说，气氛似乎变了。她朝我悲伤地微微笑了一下，在暗光处，她的紧张似乎一扫而空。她拥有一种不同寻常的美。那是一种纯真，似乎有些孩子气，几乎像天使一样。

我们之间突然相视无言，我无法忍受，勉强自己先离开了。但是走后，我还有一种感觉，一朵巨大而精致、比空气还轻盈的无形云朵笼罩了我们。

我到家时，暴风雨已经停了。已经是后半夜，但是空气依然令人窒息般闷热。我在厨房里做了个三明治，但是不大有胃口。不想惊醒苏菲，我冲了澡后就悄悄穿过卧室，朝客房走去，但是因为卧室门开着，她一定听到我的动静了。她穿着一件棉质旧和服，看得出她一直在哭。她从口袋里取出一块白色方形的什么东西，无声地举着，像投降的旗帜。一封信。

“这是今天给你的信。”她说，“我看了。”我深吸了一口气。

“你看了一封给我的信？”

“看起来很有趣。”她说，“我不该看吗？你的表现让人觉得你似乎在遮掩什么。是吗，帕斯卡？”

这时我才注意到她醉了。

“让我看看。”我说道，一把抓过信。

信封和娜塔莉收到的一模一样。同样疯狂的笔迹写着我的地址。我默默地看着，心脏抽紧放松，像惊慌之下的拳头。

亲爱的达纳谢医生：

你本应照看我，但你只想和我妈妈做爱。离她远点，否则，坏事情会发生，我保证会的。这是警告，离她远些。

路易·德拉克斯

我闭上眼睛，试图让呼吸平稳下来。

“我想你说过路易在昏迷之中。”苏菲说道，她的声音含混不清，散发出难闻的酒味。我感到自己倾向一边。“是的。”我模模糊糊地想道，“他应该在昏迷当中。”“你和她在一起。”她没等我回答就说道，“你和那孩子的妈妈在一起。”

我没否认。坦白说，我不在乎她怎么想。

“我知道，我感觉得出来。我了解你，帕斯卡。她钻进了你那满是同情的愚蠢内心。对我们而言，你这样很……很不体面。我们不能这样继续下去了，我不能，也不会。我要到蒙彼利埃去，在女儿们那儿待一段时间。你自己好自为之。”

尽管我知道这时候应该对她好一些，可是我做不到。我们的距离太远，而且一直在增长，每过一刻，我们之间的距离就又远了一厘米。现在似乎有种魔力，我无法摆脱，也不想摆脱。她的醉态让我恶心。

“我们早上再谈。”我转过身，说道，“你还在宿醉中，最好休息。”

我在那维拉在警察局的电话上留言，简要提议早上见个面。随后，当我躺在客房床上时，听到苏菲在啜泣，但是我没有过去。我太累了，满脑子都是皮埃尔·德拉克斯的画面和他给我的信。但是大雨让我睡不着，最后几乎是不情愿地想到了自己的婚姻。事实是苏菲和我失去了之前彼此共享的东西，无论那是什么。我们不再让彼此觉得开心，也不再是曾经那些日子里，女儿们在楼上睡着时，我们在起居室跳舞，亲吻，然后拉扯着彼此在地板上做爱。现在梅兰妮和欧丽安分别二十岁、二十一岁，她们离开了家。想到这些，我意识到自己敬佩苏菲，甚至更喜欢她。但是我爱她吗？这个问题似乎无关紧要，但我再也无法回答。我们之间有些东西已经消亡，只是消亡得如此缓慢而悄无声息，几乎不清楚什么时候消亡，甚至如何消亡的。我猜是疏忽了彼此，疏忽令人视而不见，令这些消亡。

而且，我爱上了另一个女人。

第八章

别把这件事告诉任何人。

我睡得很不安稳，被一种可怕而诡异的感觉所困扰，内心和外面都是如此。恍惚中，仿佛看到在布列塔尼度过的童年生活，但是一从梦魇中醒来，梦就化为了碎片。奇怪的是，有一种无力感，仿佛浑身的力气都被掏空了。我惊惶地意识到，尽管还牵挂着路易和他的母亲，但我并不想去医院。我没有勇气去，想到病房和我在那里的工作，突然觉得很厌恶。我不安地问自己，真的铁了心要把昏迷病人的灵魂从他们的躯体里哄出来吗？究竟是谁更脱离现实？病人们还是作为他们医生的我自己？一想到这些，心里就泄了气。现在回想起来，那天早上莫名难解的恐惧是后来事情的先兆。但是我当时已置身其中，无法回头了。

走到卧室，苏菲还在抱着枕头睡觉，蜷曲着，看起来很甜美。我对她有些歉疚，对于昨天晚上对她的厌恶更是感到羞愧。我知道走之前应该叫醒她，却又鼓不起勇气。于是我轻轻地亲吻了她的脸颊，正要关门时，她开口了："我还是要去蒙彼利埃。"

"我不会试图拦你。"

“为什么？”

“因为你要去。干吗还要花力气和你争呢？女儿们见到你会很高兴的。晚上打电话给你。”

“算了，不用了。帕斯卡，等你知道了自己想要什么，再打电话给我。我猜你根本不知道自己想要什么！”

我什么也没说。像往常一样，她说得没错。

才早上八点，昨晚的暴风雨带来的清凉已消散殆尽，太阳火辣辣的，连海鸥也没有了声响。我一边爬山，一边嗅着空气的味道。莫非我在松树和薰衣草的清香中嗅到了烟火味？还是偏执让我感到哪里都有危险？走进医院的接待厅，我长舒了一口气。医院的洁白使我镇定下来，给我一种超然的感觉：白色往往具有这种效果。我看了一会儿电视新闻，证实了空气里的烟火味儿不是我想象出来的。尽管昨夜下了大雨，但是森林大火还在继续燃烧，而且风从陆地往海上吹，火势向我们这个方向蔓延。但是外面像月球上的景象一样不真实。我不由得打寒战，刚从外面的热浪中出来，就置身于冰凉世界，对我的血管造成了伤害。

我想做些轻松的事让自己安定下来，进入状态，就去看看新来的理疗师卡琳娜，她正在给伊莎贝拉做理疗。我站在门口看了一会儿，试图安定下来。卡琳娜做理疗时效率颇高，毫不费力，能一边摆弄伊莎贝拉的四肢，向她的助手菲利克斯展示仪器的各种特点，一边自如交谈，鼓励他。卡琳娜在美国待过一年，回国后有很多有趣的想法。在她之前的理疗师，整天苦着脸，我一直不喜欢他。他给病人推拿时用力太猛，好像私底下想要培养一批昏迷中的健美运动员似的。他退休的时候，我很高兴：多留点儿时间训练自己的肌肉吧，让那些病人们安生安生。

一看到我，卡琳娜就走过来，开始热烈地说起想订购的设备。正讨论到一套新型水流按摩浴缸系统的优缺点时，被伊莎贝拉的父亲埃里克·马萨洛特的到来打断了。

伊莎贝拉的手臂和肩部正在接受按摩，但是埃里克没看女儿一眼，就迈着坚定的步伐径直朝我走来。我之前疏忽了他，也疏忽了所有人。我告别了卡琳娜，上前和他握手，一边握手一边说很抱歉没时间接待他，但是安慰他说我们现在可以谈谈。可怜的人都快要哭了，告诉我说看到女儿这个样子，他是多么难过。我告诉他，要他相信，他女儿的体重已经恢复正常，这样康复的机会就稍大一些，但是尽管她比往常活动得频繁，几个月来并未有什么起色。他担心伊莎贝拉的食管，营养跟得上吗？我尽我所能回答他的问题，并且建议他应该和前妻谈谈他们之间的问题。他们会影响到伊莎贝拉的恢复吗？我是这个意思吗？我说可能是吧。我提起并面对这件事很尴尬，而且我也不善于此，这曾让我深深为之苦恼，更说明了我近来是多么懒散。我全神贯注于路易和他的母亲，以至于没能给其他人相应的关注。路易来了之后，我就对其他病人和他们的亲属不闻不问，杰奎琳已经觉察到了我的懈怠，但是我要在沃丹和其他人发现这点之前，尽职尽责地干好分内的工作。

留下埃里克·马萨洛特看向窗外，我朝病房走去。路易会突然痉挛，因此还在观察之中。但是我并没有朝他走去，尽管我对这孩子有好感，但是现在似乎出现了问题。似乎那封信使我怀疑每一个人——包括他。真是荒唐，我居然信不过一个昏迷的孩子，但这是我的真实感受。

我坐在病房桌子上，处理一些案头工作，急匆匆地收集了几个关于伊莎贝拉·马萨洛特的记录，但是有个问题顽固地在耳边回响：我会失去他吗？五分钟后，仿佛是要回答这个问题一样，盖·沃丹出现了，他看起来忧虑而憔悴。我立刻警觉起来。

“哈，你在这儿，真是高兴。”他说道，然后在桌子另一边的椅子上坐下，“我想我们得谈谈。瞧，帕斯卡，”他抓着自己的手背说道，“这有点儿难为情，但是——呃——苏菲昨晚打电话给丹妮尔，她非常难过，似乎认为你和德拉克斯夫人有某种关系。”他叹了口气，“我想她说得没错吧？”

“上帝啊，盖，绝对没这回事儿！”

我对这种误解感到很愤怒。（上帝啊，我们只接过一次吻，接吻算什么？什么都不是。）我告诉他这很荒谬，也解释了皮埃尔·德拉克斯以路易的名义写恐吓信的事。

“因此不管发生什么事，都是皮埃尔·德拉克斯的主意，他现在把妄想传给了我妻子，她显然会毫不犹豫打电话给你。警察马上会过来；你恐怕要增强这里的安保措施了。”

“是的。”他担忧地说道，“我知道，但是你看，苏菲说的能有别的事儿吗？她似乎非常确定。”

“你这是在调查我！”

“这是为你好。”他压低了声音说道。当时我们都回过头看看，确保没有员工可以听得到。“你知道这不好，会削弱你的干劲儿，其他病人家属也会注意到你心不在焉。你知道，已经有些风言风语了，甚至杰西卡·法弗洛也有意见了，而且我知道她对你是多么忠心耿耿。马萨洛特也不大高兴，他千里迢迢从西班牙赶来，这周对伊莎贝拉来说非常关键。”

这时，杰奎琳进来了，看到沃丹脸上的表情，赶紧转身离开，远远地在病房另一侧忙些什么。她很可能也知道这些。电话响时，我很庆幸谈话被打断，示意自己必须接电话，向盖做手势说我们可以随后再谈。

“我是维希警察局的沙维乐福警官。听乔治·那维拉说你也收到一封恐吓信？”

她的嗓音干脆利落，而且谈话时似乎在敲打键盘。我的回答是肯定的。

“如果你找娜塔莉·德拉克斯谈过，就很可能听说了皮埃尔前天又让我们吃了一惊。”我告诉她，开始在便笺上信手写“沙维乐福”这个名字。

“我猜是的。这很有意思，从护士们、警卫人员以及二十四小时监控那里看，你现在确定不可能是路易写的这些信？”

“这简直不可思议。”

“但是我猜，他能坐起来说话，要找他爸爸，怎么不可能写封信呢？”

“你看，我们弄不清楚他的病，但是相信我，有那么多人在，不可能他动了别人还不知道。”

“你说病房里有正常工作的闭路电视？”

见鬼，笔漏油了。我觉得自己被围攻了。

杰奎琳已经把轮椅准备好，鼓励亲属带病人在花园散散步。我带着路易，他插着耳机，随身听里放了一盘他妈妈的磁带。空气闻起来又潮又热。

杰西卡·法弗洛看到我，慌忙朝我赶来。

“我很担心娜塔莉·德拉克斯。”她说。

“哪方面？”我问道。

“她不合群。这很奇怪。她不让我们任何人接触。她这样自己受苦，实在是太痛苦了，但是看起来似乎……”

“这就是她想要的？”

“是的。”

“那么，也许我们目前应该尊重她的这些行为。”我说。但是声音里的怀疑自己都听得出，杰西卡也听得出。我突然感觉到有些情况不对，让人痛苦，但是却没有时间去考证。找了个借口，我推起轮椅朝观赏池塘走去，池塘里喷泉在光的作用下，向各个方向发射出小彩虹。我推着路易绕着池塘转了两圈，然后在长凳处停下，读了几页《蓝色星球》。就这样望着喷泉，不知道和路易坐了多久。也许是几分钟，或者几小时。感觉自己思路枯竭了。我试图想象现在皮埃尔·德拉克斯正在想什么。他下一步的计划是什么。他会不会一直在观察我和娜塔莉？

这样的话，他距离我们到底有多近？

突然觉得他就在背后看着我，我赶快进去和路易待在一起。

在办公室工作一个小时之后，杰奎琳打电话告诉我说警官来了，正在病房里。她果然在那儿，像看培养皿里面的样本一样审视着路易。我远远地停在那儿，看着她：她穿着一件蘑菇褐色的亚麻布套装，现在正在脱外套，露出里面的白色衬衫和略显笨重的大胸部，似乎一举一动都受到其牵制。

把外套挂在椅背上，斯蒂芬妮·沙维乐福继续给路易做"全身检查"，这绝不是医学层面的，而像一个人审视一件应该作为证据的物品。我想她就属于后者，她说话的语气就是如此。她试探性地抓起路易的手，看它自由落下会怎么样。一些深度昏迷的人是没有条件反射的；或许她随后发现了这个。我压制住想要去干预的冲动，看她继续往路易脸上吹气，发现路易毫无反应。接着，她把嘴唇凑到路易耳朵边，大声问道："路易，你醒了吗？我是沙维乐福警官，听得到我说话吗？我想问你一些问题。"

我跑过去，清了清嗓子，伸出手。她从椅子里站起来，我又一次被她明亮清澈、眼神犀利的蓝眼睛看得呆在那里。

"你认为皮埃尔在跟踪娜塔莉？"握手时，我问道。她冷冷地看着我，用震惊的眼神打量着我。

"我过来有话要问你，达纳谢医生，不是反过来你问我。"

她和娜塔莉·德拉克斯没一点儿相似之处，怪不得两个人会起冲突。

"那么开始吧。"我礼貌地说道。

“你觉得德拉克斯夫人现在状态如何？”

我向她示意换个地方。我们沿着病房走过去，站在落地窗前，眺望着花园。

“可以理解，她现在还是悲痛欲绝。”我告诉她说。可以听出声音里的不耐烦，的确有一些浮夸，但是却似乎没法压制。我想对于几个月内承受巨大压力，面临的可能是最后一根压垮的稻草的人而言，她的反应是正常的。

她密切地注视着我：“你觉得她要崩溃了吗？”

“不。我只是说她现在很脆弱。”

“但是也许她本来就很脆弱呢？”

昨天早上，跑步穿过橄榄树丛时，我就担心她会自杀。而且我十分赞同菲利普的诊断，说她是试验百忧解的上上人选。但是我不会把这些告诉斯蒂芬妮·沙维乐福，至少不会把原话告诉她。

“我觉得她在这种高强度压力下扛不了多久。”

“相信我，我在尽我所能找出罪犯。达纳谢。”

“那么你们现在进展如何？”

“恐怕政策不允许我们把调查细节透露给普通民众。”

“我知道。但是如果娜塔莉有生命危险，例如，皮埃尔进入医院内试图袭击她或者路易，或者我……”

斯蒂芬妮·沙维乐福回答说她和同事们会查看安保方面的问题。她要和沃丹医生谈谈。到处都挂着皮埃尔·德拉克斯的通缉海报，整个地方警察局都警戒起来。他们再次启动了搜捕行动。如今抓住皮埃尔·德拉克斯，只是时间问题，我不用担心。同时，皮埃尔的母亲露西正在从巴黎赶过来，他们会再次向她询问那封信和她想看望路易的事。但是安排的时候最好把她和娜塔莉分开。照她的说法，皮埃尔不该离开他的第一任妻子。她儿子这辈子最倒霉的事儿就是遇见娜塔莉；娜塔莉也同样回敬回去。结果是奶奶见不了孙子路易几面。

“但是现在她坚决要见路易。”沙维乐福最后说道。

“皮埃尔·德拉克斯以前结过婚？”我问道，奇怪，娜塔莉怎么没告诉过我。还有什么事情她没有说？但是沙维乐福没有进一步展开说明。相反，她想听我讲讲路易是怎么摔到峡谷里的。

“娜塔莉·德拉克斯告诉你的那个版本。”她进一步明确道。

“为什么？”

“确保这个与她告诉我们的那个一致。德拉克斯夫人当时在犯罪现场，除非奇迹发生，路易醒过来记得发生了什么，或者我们抓住皮埃尔，否则没有任何其他证人。达纳谢，从专业角度来看，路易醒来的机会有多大？”

“非常小。”

“但是在这次发作中……”

“这次发作只是偶然。我不能谎称自己可以解释。这或许是强烈的肌肉痉挛，意识的短暂回归，但是这很不正常。不要静等路易醒过来把事情和盘托出了，这不可能的。”

我们默默地站了片刻，思索着这个可怜孩子的困境。接着她继续说道：“这样啊。关于她儿子这场事故，娜塔莉·德拉克斯都告诉你什么了？”

“只告诉我一点点。这场事故是因为一包糖果，接着她丈夫和儿子起了争执，因为皮埃尔想要带路易去巴黎，路易不愿意，所以就起来抵抗。”

“她描述过当时她站在哪里，和两个人的位置如何吗？”

我摇摇头：“应该找她给我画张图？抱歉，警官，但我认为这是你该做的，不是我。”

沙维乐福警官的鞋子轻轻地敲击着地板。

“我之前和盖·沃丹聊过。我猜你妻子打过电话给他妻子，而她很少这样做。在这种情况下，担心你和德拉克斯夫人，呃，太亲密了。”

我开始觉得害怕了。见鬼，盖怎么会觉得有必要将这件事捅出去？

“别担心，达纳谢医生，对此我不做判断。”

我浑身直冒汗。“我认为你无权说我们太亲密。”最后我咕哝道。

“也许是的。但是，呃，由于你和她是某种朋友关系，又是她儿子的医生，因此我想你的有些见解可能会帮到我们。”

“没有。”我干脆地说道，“我认为没有。”

中间有稍微的停滞。“希望你能思想放开些。”她慢慢说道，“如果娜塔莉·德拉克斯告诉你任何奇怪或者不正常的事，或者她讲的什么和以前相矛盾，希望你能打电话给我。比如说，那包糖果。”

“糖果？”

“争吵源自于一包糖果。你不觉得这有些奇怪吗？”

“如果那个人精神错乱就不觉得奇怪。许多家庭争吵都是从很荒唐可笑的事情开始的。”我刻板地说道。

“你知道路易其实不是皮埃尔·德拉克斯的亲生儿子吗？”沙维乐福警官一边慢慢问道，一边打量着我的脸。有那么一瞬间，我想告诉她我不知道。不知道为什么，有时候觉得自己都难以捉摸。

“我知道。”最后我说道。我的声音听起来平静而缥缈，一条巨大贪婪的忧虑之虫似乎钻进了我的心里。沙维乐福还毫不掩饰地密切关注着我如何反应，如果可以的话，她似乎更愿意拿个放大镜贴到我脸上看。

“那么谁是路易的亲生父亲？”我用一种自己希望的轻松愉快的声音问道。她微微笑了。

“你会慢慢了解德拉克斯夫人的，或许这个问题你应该问她本人。”

“你在暗示我窥探德拉克斯夫人的隐私吗？”我突然感到一阵愤怒，“替你干活儿？”

“不是的。但是你表现出想要知道更多的欲望，不是吗？”短暂的沉默，“如果她告诉你皮埃尔不是路易的亲生父亲，就很可能告诉了你路易在襁褓中时，她把他交给别人领养，随后却改变了主意。”

我双手抱在胸前，但是立刻后悔自己的肢体动作出卖了我。

“没有，我并不知道这些。但是她不告诉我并不奇怪。这是个人隐私，难道不是吗？”

“是的，当然是隐私。”

“这个普雷兹，”我说，“那个心理学家，我很有兴趣和他聊聊。”

“非常欢迎，”她说，“打电话到我办公室，有人会把他的号码给你。但是普雷兹不一定会答应。”

“为什么？”

“普雷兹现在状态不大好。”她说，“路易的治疗没有成效。治疗一开始似乎还不错，但是德拉克斯夫人不高兴，最后还是炒了普雷兹。这次事故之后，她去看过普雷兹，指责他没能治好路易。他没办法接受，完全放弃了行医。”

“那他现在做什么？”

“喝酒。”

天啊，越来越令人厌恶了。借口工作繁重，我站起来向沙维乐福警官告辞。走开时，我能感觉到她的目光像激光一样，穿透了我的脊背。

回到办公室，诺埃拉告诉我说乔治·那维拉顺道过来，要了一份每个与路易接触的人的笔迹样本——所有在病房工作的护士，甚至和路易仅有一面之缘的卡琳娜。诺埃拉给了他一封我写的信的复印件，还有一封菲利普·梅尼尔的贺年卡。所有这些都会送到里昂的一个警方笔迹鉴定专家那里。我想，嗯，至少斯蒂芬妮·沙维乐福警官的考虑还算周到。我不知不觉想起了苏菲。现在她肯定已经到了蒙彼利埃，很可能和梅兰妮、欧丽安一起在她们最喜欢的一家海边饭店里。我想象她们享用了一顿美餐：一只大浅盘装着贝壳、虾蟹，以及切好的柠檬。她们一开始就谈笑风生，一边闲聊，一边品着白葡萄酒，阳光洒在脸上。我想苏菲何时会告诉她们，告诉她们多少。我猜她会把一切都告诉她们，因为她们之间没有秘密。

那天下午我决定在家工作，把文章写完。苏菲走了，整个家都是我的地盘，因而精神也比在医院更集中。但是这并不是我想出去的唯一理由。我没抄近路，而是走了另一条路，穿过了村庄。天气热极了。一到主广场，我就向市政厅外面的告示板走去。通缉告示上的那个男人，娜塔莉爱过他，嫁给了他。他黑头发，四十刚出头，现在还看得出来过去很英俊：结实的颧骨，高高的额头，幽深的眼睛。这张脸上有种魔力，意想不到的一种魔力。他定定地回看我。有那么一瞬间，我感到一种突如其来的、无理的嫉妒，紧接着就是明确的厌恶。不，憎恶这个词也许更恰当。现在我憎恶这个人，他曾试图杀害自己的儿子，现在又威胁我。此时此刻他也许正在跟踪娜塔莉，或者制造阴谋给路易带来更多伤害，或者两者兼而有之。他知道我是谁，了解我对他妻子的感情。他想要阻止这样的感情。我浑身冒汗，转身就走，又为适才突如其来的强烈的恐惧而感到羞愧。

娜塔莉要在医院再待一夜，我们达成共识，最后一次查看病房后，我会去看她。她的头发又盘成一个假发髻，更衬托出俏皮的椭圆形脸蛋。她擦的还是之前用的深色唇膏，穿着一件绿色中国丝绸裙子。她谨慎地看着我，似乎是有些尴尬，不安地笑着。

尽管在某些方面我注意到她似乎特地为我打扮了一番，但是我心情烦躁不安，不觉得荣幸，也不觉得有什么特别的吸引力。事实上，我内心深处非常不安，而不安是因为她有些事情没告诉我，甚至因为她拥有过什么；心烦是因为想起了皮埃尔，他的面孔似乎已经在我脑子里安了家；还有愤怒，然而有些事并不是娜塔莉的错，比如说苏菲把秘密告诉了丹妮尔·沃丹，这直接导致我对她的好感被痛苦地公之于众。我知道自己没道理这样想，但是却不由自主。因为我不擅长隐藏自己的感情，所以她见到我的那一刻，这一切都已昭然若揭。她招手示意我坐下，自己坐在床上，然后飞快地说起话来。她的语调中有些歉意。

“对不起，帕斯卡。我知道应该多告诉你一些，只是——呃——当时情况很难。”

“那么谁是路易的亲生父亲？”带着一丝莫名的愤怒，我突然问道，两个人都吓了一跳。她把头扭到一边，摆弄着项链，她又戴着假指甲、颜色和裙子相仿的绿色珠子。为什么要为我盛装打扮呢？像一道解不开的纵横字谜，使得我又迷惑，又恼火。

“他是我的一个前男友。”她说，她的声音似乎在颤抖，“我之前告诉过你他的名字，让·卢克。分手后，我不想和他有任何联系了，可是他却……”

她停下来，完全扭过去，整个人都背对着我。她身形那么娇小，那么柔弱。我这是在干什么？我没道理生气，怪不得她不肯告诉我那些伤心往事。我觉得自己变得柔和起来。

“告诉我说不定会对你有所帮助。”

“不会的。你要相信我。”

“但是如果别人知道的话——”

“别人不会知道的。”她尖声说道，“这是有原因的。”

“但是作为他的医生。”我无力地说道，“作为你的朋友，我希望……”

“瞧，我真的必须把所有事都告诉你吗？”她脱口而出。转过来面对着我，她的眼睛里看起来充满了焦灼与痛苦。

“是的。”我简单说道，“或许你得告诉我。”她深吸了一口气，脸红了。

“我被强奸了，行了吧？现在你满意了？”她嘶哑地低声说道，然后瘫坐在那儿，低下了头，肩膀无助地抖动。我真是迟钝得跟傻瓜一样，自己猜不出，更不知道她的脆弱能激发男人最好的一面，也能激发男人最坏的一面。

“实在对不起。”我说，伸手过去紧紧握住她的手。

“现在你知道我为什么不愿意提了，后来我也没想到自己会怀孕。”她用一种平和的语调说道，头仍然垂着，“或许当时我想到自己怀孕了可是无法面对，没理睬那些征兆。等发现时，流产已经太晚了。”

“你没报案？”

“已经没有意义了。如果你认识那个人，而且认为自己曾经爱过他，报案就没有意义。我只是想继续我自己的生活。所以我继续住在里昂，自己一个人在那儿生下了路易。我母亲住在瓜德罗普岛，而我姐姐不知道。”

“你把路易生养下来，真是很勇敢。”我温和地试探道。

“考虑到……”我说不下去了，不知道用什么词好。她肩膀换了个姿势，我听到她呼气的声音，似乎累极了。

“谁告诉你这些的？”

“沙维乐福警官。”

“她没这个权力。”

很明显，回想起所有这些往事，都令她感到痛苦。在我面前，她身体几乎弯得打了个对折，头发垂在脸上。我能看见她瘦弱的赤裸手臂上的鸡皮疙瘩。擦伤现在已经变成不正常的青黄色。看到这些，我讨厌自己，讨厌得直哆嗦。

“后来怎么了？”我低声问道。

她慢慢地坐起来，看着我的脸，把头发从眼前撩开，现在她眼睛通红，妆都花了，看起来很糟糕。我感到自己同情心泛滥，或许这就是爱？我不知道，但是这不重要。

“路易三周大的时候我就准备让别人收养。但是当时要收养他的那对夫妇——”她停顿了一下，说不下去了。我把手伸过去，轻轻抚摸着她的头发。她的头发又细又脆，像细网一样。

“我改变主意了，行了吧？就这样。看，这有什么大不了的！”

我试探性地倚过去，抱住她，她没有把我推开。我能感觉到她瘦了，瘦成了皮包骨头。

“你不喜欢他们？”

“不是，不是那样。他们很幸福。”她喃喃地说，“他们是幸福的一对，或者看起来很幸福。拥有彼此很幸福，得到我的孩子很幸福。”她的声音也受了感染。“很幸福，很幸福，很幸福，”她说，“我所梦寐以求的，他们都有。”

我把她搂得更紧了。

“在那之前，我没好好地看过路易。”她说，“没有那样看过。从那时候起，我才开始——我是指，将他看作是我的儿子，可以真正地好好对待，可以学着去爱的人。不管他是怎么来的，我都可以对他好，我可以对他好，学着去爱他，像那个要宝宝的女人一样快乐。或许我还会遇到一个男人，他愿意做路易的爸爸。我意识到不必去想路易是怎么来的，我想，我会像那对夫妇一样，爱他就够了。而且我后来也这样做了。我决定留下他。”

“所以当你遇见皮埃尔……”

“我把一切都告诉了他。他对路易也视如己出——开始如此。他一直想要孩子。”

“他第一次婚姻没孩子吗？”

她僵住了。

“我猜是沙维乐福告诉你凯瑟琳的事？”

“是的。”

“她说了些什么？”

“没什么。只是说皮埃尔之前结过婚。”

“没别的了？”

“没了。怎么了？”

“哦，我觉得自己一生都受人欺负……”她向上看去，对上我的眼睛，沉默了片刻。

“包括我在内？”我慢慢地问道，“这就是你所说的？你不会以为我也……”

“我知道你是怎么看我的。”她说，“我和路易刚来时，你看我当时多狼狈。”

我觉得仿佛被抽了一耳光。她说的是不是也有一点真的？我真的欺负她了吗？“你这样想，我很抱歉。”我鼓起勇气，红着脸痛苦地说道，“我绝不想这样，也绝不认为我会这样。”

她闭上了眼睛。

“没关系，也许我冤枉了你。如果是这样，我道歉。我曾经有一段时间和男人相处不来，如此而已。”

她当然会如此。

她突然微笑起来，笑得轻快，却显得不真实，假装自己很坚强来掩饰痛苦，却没能成功。我为她感到心痛，思索着下一个问题，沉默了一会儿，不知道能够再逼问她到什么程度。

“那么……我是说，皮埃尔和路易什么时候开始不对劲的？”

“很早就开始了。路易一直多病多灾。在襁褓中时，小孩子时，他都很难很难带。这就意味着我没办法出去工作。接着皮埃尔开始怀疑路易的行为问题是不是遗传的。他开始讨厌路易，越讨厌他，就花越多的时间和他在一起，来掩饰他的厌恶。谁看到他们在一起都认为他是个好爸爸。在某些方面，他的确是个好爸爸。但私底下却反复无常。后来我就想，呃，我就想尽快怀孕，生一个我们自己的孩子，把一切都拉到正轨上来，但是没生成。”

她看起来那么难过，那么迷茫，那么无助，我再也无法抗拒，想要安慰她，亲吻她。我情不自禁地亲吻她，我感受到用这种我从不知道的方式，将自己给了她，还有谁像她一样这样需要我吗？她勇敢地承受了所有的伤害和不公正。我迫切地想要替所有的男人（包括我在内）弥补她。我想要她幸福，要她微笑，而且我知道，如果我足够努力，足够爱她，就可以拯救她。她一定也感受到了，因为她让我抱着她，而且似乎用自己的方式回应了我。我们躺在床上，吻着，紧紧地相互偎依。我的手穿过她的秀发，脸埋在金色的薄网里。我一遍又一遍地吻着她手臂上被我弄伤的地方，发誓说不会再让她受伤害，无论是被自己还是其他男人。决不会，她的幸福就是我的使命。

我们慢慢地、轻柔地但是又热烈地做爱。她哭了，但那是释放的眼泪。我也想哭。我不知道自己是什么感受，但它十分强烈。

“我必须得走了。”我说，“我很迷惑，这一切发生得太快了。”

她用微笑无声地说：没关系，我也很困惑，你去吧。

我还是没告诉她我爱她。我自己也不大敢承认。但是我会告诉她的，也许有一天她会再次敞开心房回应我的爱。

离开后，我待在医院里陪路易，拉着他的手，思索着今天发生的事。有一会儿我肯定睡着了，因为一觉醒来，护士都换过班了。

“你又梦游了。”一个护士说道，“我没叫你，任由你梦游。”

“我去了哪里？”

她笑了：“这挺奇怪的，我的意思是，这有点儿令人不安。你坐在路易床边的椅子上，然后站起来，走到桌子前。我当时在桌子另一头，开始以为你醒着，但是发现你走路的样子有些奇怪，杰奎琳说过你近来都是如此，而且提醒我们说你可能会再次这样。”

“我去了哪儿？坐在这儿？”

“在这儿坐了一会儿。接着你拿到处方单，开了张处方。后来揉皱了扔到垃圾桶里。再后来走回到位子上，一直睡到现在。”

“我要看看那张处方单。”

“当然可以。”她停下来，面带古怪的微笑看着我，“我有些好奇，就看了，希望你不介意，达纳谢医生。你纯粹瞎写。看后你自己也会哈哈大笑的。”

她从垃圾桶里面找出一张纸，摊在我面前。只看一眼就够了，我试图挤出笑声，但没成功。

“别把这件事告诉任何人。”我喃喃地说道，“好吗？”

我试着让声音听起来镇定，却不由自主地开始浑身冒汗。因为虽然笔迹不是我的，但是又大又斜的字却极为熟悉。

胰岛素、*氯仿*、*砒霜*、*沙林毒气和羽扁豆种子*。

而且病人的名字也填好了：*娜塔莉·德拉克斯夫人*。

第九章

年轻人，来吧，我们要到最黑暗的地方去，地球上最黑暗的地方。

她说，我当时只有八周大，太小了，还不记事儿。但是看起来像是患了婴儿猝死症。我没办法呼吸，肺像两个肉口袋，吸气口袋就变大，呼气口袋就变小。自出生起，我就一直躺在她床上。婴儿喜欢和妈妈一起睡，大床上只有她和我。

“爸爸当时不在那儿。我之前从来没告诉过你，是吧？但是你现在知道了，或许你猜到了。路路，有时候，我以为你什么都猜到了。爸爸来之前只有你和我。你不记得是因为你当时太小，还是个娃娃；我之前不告诉你是因为不想让你难过。但是现在可以告诉你了，是吧？现在很多事都可以告诉你。总而言之，我差点失去你。好多次我都差点失去你，但那次是第一次。”

可怜的妈妈，她当时一定把心都提到了嗓子眼儿上。

她说，不知道当时怎么的就醒了。当时正值半夜，她觉得什么不对劲，后来凭我的呼吸声音，意识到我呼吸困难。当时我发出的不是婴儿的声音，而是挣扎的声音。

“我打开灯，尖叫起来。因为我知道睡觉时可能滚到你那边，压到了你。我首先想到，这或许是我的错，正如姐姐所说，我可能不适合做妈妈。你脸色发青，肺部无法呼入足够的空气。我立刻叫来救护车，由他们接手来照看你。你差点死在救护车里，他们不得不给你戴上呼吸面罩让你的肺正常工作。他们把你带走了，而我只好坐在休息室里哭，哭得太凶，以至于过了一会儿眼泪也哭不出来了，整个人都空了。在你很小的时候，我认识一个男人，接到我的电话，他就过来安慰我，在休息室陪了我一整晚，看你是不是会熬不住。我们坐在一起，他整晚都握着我的手。

后来大夫进来时搞错了，以为我们是夫妻，以为那个男人是你爸爸。我们当时一笑置之。但是后来他的确成了你的爸爸。几个月之后，我们一起搬到了格拉特席耶勒区，后来又结了婚。我想这是当时我们遇到的最好的事，因为我们需要一个家庭，需要一个好男人来照顾我们。这对你爸爸的前妻来说是个耻辱，但是他并不是真的爱她。他只是觉得自己爱她。他爱的是我，早在遇见我之前，他就爱上了我。他爱的人是我，我和你。”

“我不懂她在说什么。”我告诉古斯塔夫，“在我耳边说着那些乱七八糟的蠢话。”

“你不必听。”古斯塔夫说道，“她也不知道。”

“她什么都知道。”

“不是的，年轻人。孩子们以为父母什么都知道，但是其实不是这样的。”

接着杰奎琳过来抚摸我的手臂。感觉不错。杰奎琳闻起来有股薄荷的味道，她对任何人，甚至大人，都像妈妈一样。她儿子死了，但是她还和他讲话。许多人不知道可以和死去的人讲话，我之前也不知道。之前除了《医药百科全书》和《动物的精彩世界》上面讲的，我一概不知。但我现在越来越会了解事情了。

“看起来你可以去呼吸呼吸新鲜空气，帕斯卡。”她说。因为达纳谢走过来了，他的名字叫“帕斯卡”。她担心他，觉得他有些发狂。“你看起来非常不好，没睡好吗？”

“嗯，睡得不大好。”他说道。

“我已经把轮椅推进来了。你一边等警官来，一边推个病人出去走走怎么样？来吧，这对你有好处。”

“我也要去。”古斯塔夫低声说道，“你到哪儿，我就跟到哪儿，年轻人。我在达纳谢的办公室墙上找到一张洞穴地图。我们可以用这个。瞧！”他给我看一幅带框的画说道。

“看起来不像地图，像是谁的脑袋。”

“这是地图，年轻人。相信我。”

“新鲜空气。”有人说道，“天气真好。很热，热得发烫。”

“我带他在花园转转，”达纳谢医生说道，“如果看见他母亲，就告诉她我们在那儿。我会把随身听给带上。”

轮椅准备好了。

“是的。”古斯塔夫说道，“我们要到黑暗的地方去，就你和我。我知道一个地方，一个太阳照不到的地方，在地图上有，那儿冷得像个冰窖，能听见水滴滴下来，蝙蝠吱吱地叫，年轻人。我要带你到岩洞里去，让你看看我用血写他们名字的地方。这是个死亡的好地方。”

外面天气很热。可以听见鸟儿的叫声，闻见花香和一股烟火味，让人想要变成瘦弱的爱哭鬼。我们坐着轮椅前进，妈妈的声音又在耳边响起，总是说我如何如何是她的心肝宝贝，她会永远爱我，我的遭遇不是任何人的错。“别担心，宝贝儿，他们会找到他，把他送到监狱里。然后我们又可以一起生活。我会带你去红海和海豚一起游泳，买辆车，可爱的红色小跑车，只坐得下你和我。你知道吗，亲爱的路易？如果你做了决定，而这个决定错了，你就必须承担后果。每个人都必须为他做的事负责任。路易，你做了选择，那是你自己的选择。”

接着，她的声音就变了。“我怕他，路路，我怕他。似乎他就在不远处，我能感觉到他在打坏主意，感觉到他在说谎。”

“别听她的。”古斯塔夫说道，“你可以听我的或者达纳谢的，或者在心里默数到一千，干什么都行，就是别听她的话。好吗？年轻人。”

我爸爸喝啤酒、葡萄酒和白兰地都很厉害，我这样告诉古斯塔夫，而且他还会威胁到家人。但是我不在乎，因为我想他。一想起他，我就浑身有劲儿。

“咱们在这儿坐一会儿吧。”达纳谢说道，“知道吗？路易，我收到一封奇怪的信，你妈妈也收到了。我想你会不会知道些什么？”

“什么也甭说。”古斯塔夫低声道。

“肯定不知道，你怎么会知道呢？你会不会以为我疯了？路易。你的医生睡着了却给你妈妈开毒药方子，你会不会觉得这有些不正常？”

“嘘。”古斯塔夫低声道，“别吭声。这不合规矩。”

“不管怎么说，我带来了《蓝色星球》，听：一九九八年，生物学家们观察了一群生物掠夺一头蓝鲸的尸体的过程。第一批来到尸体前的是成群的两栖卤虫，它们仅有几厘米长，但是有锐利的门齿切食肉类。”

他读啊读……

“你知道什么好故事吗？”达纳谢读的时候，我问古斯塔夫。

“我可以给你讲《小王子》，滚瓜烂熟的。”

“这些东西都太小儿科了。爸爸总是给我讲这个故事，因为里面提到了飞机。”

“还有星球，还有一个男孩子和猴面包树，什么都有。”古斯塔夫说道，“但是也许你现在长大了，不适合这些了。那好，这儿还有一个故事。有一个男孩，他的爸爸妈妈都很爱他，你要听吗？”

“不要，不要听这个。结局不好。”

“结局未必不好。”古斯塔夫继续说道，“你可以自己选择结局，要什么样的结局都行。”

“它们被深海鱼所追逐，而其中很多都是嗅觉灵敏的掠夺高手。”

“当问题孩子的妈妈，蛮不容易的。”我告诉古斯塔夫，“有时候很危险，妈妈也没办法。我知道她尽力了，我就是知道。”

我希望能看到他绷带包裹的脸，还有地上的岩石，那些闻起来有股薰衣草的香味和烟火味。如果能睁开眼睛，我想看看橄榄树，有像黄色烟花一样绽放的花朵、碎石铺地的花园，或许还想看看海洋和深海水底生物。

“其中还有鳗鱼一样的丑鱼，把身体蜷曲成结，来获得更大扭力把肉成片撕下来。接下来是睡鲸，大口咬噬着尸体。第一轮盛宴结束，第二批动作稍慢的掠食者们来了，蛇尾类、多毛虫和螃蟹缓缓把肉啃干净，只剩下一具干干净净的白色骸骨，就像插图中的一样。”

“我能想象出这个画面。”我对古斯塔夫说，“海床上有些鲸鱼骸骨，被寄生虫吃光，死掉了。活的东西也会被寄生虫吃。聪明的寄生虫不会消灭宿主，它靠宿主而生。聪明的寄生虫极可能希望它赖以为生的宿主活得越久越好，因为一旦宿主死了，寄生虫就得另找宿主，如果找不到另外一个宿主，它就要死了。”

“我们再走会儿。”达纳谢医生说道。他推着我的轮椅，古斯塔夫一瘸一拐地跟着，很久没说一句话。接着我们停下了，达纳谢说道：“路易，你能闻到薰衣草的味道吗？”

我能，但是不能告诉他。

“她爱你，年轻人。”古斯塔夫说道，“她想念你。你可以试着回去，但是你知道情况一定不一样了。”

“我知道。”我说，我们继续往前走。

“我在洞穴里的时候，梦想着就是这样，和一个像你一样的男孩以及我的妻子，在花园里散步。”古斯塔夫说道，“我们是个小家庭，三个人手牵着手，孩子在中间。数到三的时候让他荡起来。他喜欢那样，所有小孩子都喜欢那样。”

“我知道这个花园里每种植物的名字。”达纳谢说道，“每一种植物、树和灌木。这是因为拉维尼亚的关系。她是我的病人，一位园艺师，昏迷了六年。我们一起阅读关于植物的东西。她送给我一些盆栽，我想你会觉得它们有趣的，路易，那是一门艺术，你必须修剪主根。”

他的声音听起来快哭了。我们慢慢地绕着房子走。入口处是纯白色的，像个乐高积木模型，白色石头上写着大字：地平线医院。下面像是由人用刀刻的一样：绝症医院。

“你知道这里以前叫什么名字吗？”我问古斯塔夫。

他不说话，对这个他很在行。他开始咳嗽，嘴里的东西流到碎石小路上，他看起来像病了，但那不是病，倒像是长满水草的脏水。

“是的，我知道。”他说道，此时我们已经消失在树林里，把达纳谢远远地甩在后面了，“我知道医院以前叫那个名字，我得了绝症，但是你没有，年轻人。”

现在我们把达纳谢甩在后面了。医院和花园离我们远远的。古斯塔夫在我前面，走进森林里。可以看到他的头包着绷带，又肿又白，像个灯泡。到处都是树，天气很热，也许还会有蛇，这里正是蝰蛇出没之地。蝰蛇背上有曲折的条纹，也有直纹和斑点。被它咬一口，小孩子就没命了，大人尤其是年老体衰的人情况也会很严重。

“我们来捡松果吧，”他说，“生火用。”

这主意不错，我四处跑着捡松果，尽可能捡最大的。堆在一起，越堆越大，松果相互扣住，上面甚至可以放上棍子和小树枝，最后堆得和我一样高了。

“我妈妈不喜欢这样。”我告诉古斯塔夫，“她讨厌我玩火。”

“你自己呢？”

“我爱死了。有一天我要当纵火犯，可以杀掉我所有的敌人。”

他递给我一盒火柴。

“开始点火吧。”

我点燃火柴，放在最下层的干树枝里，火爬上松针，冒出火花，呼的一声烧起来，我们看着它噼里啪啦又热又红地烧了起来。

“现在它自己烧起来了。”古斯塔夫说道，“你想怎么样，它就怎样，在这里事情就是这样的。年轻人，来吧，我们要到最黑暗的地方去，地球上最黑暗的地方。你信得过我吗？年轻人。你要确信自己信得过我。人们会说我拐走了你，但是事实不是如此。你知道，是吧？”

虽然看不见他的脸，但是我知道他不会拐走我。我拉住他的手，穿过树林，向山下走去。

▶ 第十章

是我疯了，还是路易·德拉克斯在利用我？但是如果他真的在利用我，谁会相信呢？

我回到办公室坐了半个小时，试着想清楚发生的事。但是脑子却像条无脚蜥蜴一样乱转，无法思考。黄昏来临，外面的落日猛烈而充满活力，在山坡上的松树林和葡萄园里投下一道金橘色的晕圈。我检查了盆栽，那株枫树状况不怎么样，五片叶子都病怏怏地耷拉着。为什么我会在睡梦中给娜塔莉·德拉克斯开毒药方呢？还有为什么会写那两封信，而其中一封还是给自己的？是我疯了，还是路易·德拉克斯在利用我？但是如果他真的在利用我，谁会相信呢？

当然娜塔莉不会，沙维乐福警官也不会。

医院的安全系统新近被检查过，警察局每天更换闭路电视的录像带，并锁在各相关病房里保留一周。更换时间是六点，我等到八点护士们换班时回到病房，两位护士都在病房的另一端忙碌着，我走到病房书桌前，迅速打开下层抽屉的锁，找到目前和上周四的录像带放进口袋里。我对自己所做的事感到头晕，但是奇怪的是并不觉得有压迫感。黄昏降临，在蟋蟀的长鸣中，我走回家，闻到比之前更浓烈的烟火味。晚上热气翻腾。

苏菲不在家，房子里显得很空旷。我走到客厅，给自己倒了一杯潘诺酒，坐下来开始看白天的录像带。虽然不知道会有什么事发生，我还是很紧张。头脑中另一个我还想后退一步，嘲笑我的疑心是多么荒谬。闭路电视的广角镜头固定拍着病房，路易的病床在正中央，我看着黑白影像一帧一帧地跳过，路易还是像往常一样动也不动，苍白地躺在那儿。但是其他病床尤其是伊莎贝拉那里，偶尔会有动静。我一直快进到自己出现，到在路易床边坐下那幕，影像有些模糊，但我憔悴的样子还是吓了自己一跳。

我成了这个样子吗？其他人怎么看待我？我按下播放键，继续看。看到自己伸手到提包里拿了一本书，开始读给路易听。我又快进直到看到自己肩膀似乎松弛下来，书从膝盖滑下，掉在了地上。我眼睛闭着坐在那儿，什么也没发生。录像带上值夜的护士们走进走出，伊莎贝拉不安地扭动着。突然间，从这一幕到下一幕，我已经站了起来。走到书桌前，拿出纸和笔，飞快地写了些什么，又把那张纸撕掉，揉成一团，扔进垃圾桶里，然后回到我的椅子上。由于录像的时间差距，整件事似乎只持续了短短几秒钟。我倒带再看一次，自己拿笔的样子有些奇特，起先我看不出来是哪里奇怪，然后突然想到——

我惯用右手，但是录像里我却一直用左手握笔。难怪写出来的字那么特殊，不用再看其他录像带，我知道上面是什么。

我站起来，感觉到血涌上了脑袋。摇晃着走进洗手间里，刚好及时吐到马桶里。我很快地清理干净，刷了牙，用冷水洗了脸，心在狂跳不已。

我打电话到蒙彼利埃女士们居住的公寓去。电话响了很久却没有人接。正要挂掉时，梅兰妮睡眼蒙眬地接了。一听是我，立马“三斧头”：妈妈状态很好，她说，甚至考虑在蒙彼利埃找一份工作。希望我自求多福。这是中年危机还是什么？

“我可以和她说话吗？我有很重要的事。”

“现在是凌晨一点，爸爸。而且她不愿意接。”

“有些事我要告诉她，”我说，“我可能在医院遇到麻烦了。”

“什么麻烦？和那个令你着迷的德拉克斯夫人有关系？”

“不是的，和她儿子有关系。那个男孩。你看，抱歉打扰你们，切丽（梅兰妮的昵称），告诉妈妈我打电话过来了，呃，告诉她我爱她。”

“你爱她？我们都很生你的气，爸爸。”我敢肯定，她声音颤抖了，“非常生气、失望和悲哀，还有……”

“我知道。”我说，“你听我说，生活现在一团混乱，我在尝试寻找出路。求你了，梅兰妮。”

她挂掉了，我又给自己倒了一杯酒，打开收音机调到新闻频道。八起森林火灾席卷全省各地。两起大火至今仍未得到控制，较大的那起就在戛纳，距离这里仅十公里远。

我想，任何事情都可以像大火一样得到改变。无论是一处景观，一段婚姻或者是一场人生。

我不知道具体该怎么办。我不懂笔迹学，而且似乎从来不认为这是一门严密的科学。警方的笔迹鉴定专家会把我梦游时书写的醉汉一样的倾斜笔迹和诺埃拉提供的日常所开处方中的字迹联系起来吗？

我不知道，但是会有这个可能——那么由此看来，给我留下带走闭路电视录像带的时间并不多。

次日，在搭火车去里昂之前，我检查了普雷兹的地址和电话号码，带上了录像带、揉皱了的处方单，还有之前收到信件的复印件。

当天下午有个研讨会在索菲特酒店举行，下面就是罗纳河，我发现自己很难集中精力谈论“意识累积”这个话题。演讲进行得并不顺利，幻灯片内容杂糅，有几张顺序错了。正常情况下，我都把做演讲当成一种挑战，积极地去应对，往往很享受这个过程甚至到荒唐的程度。但是这次不是，这次是痛苦、折磨。我犯了几次错误，还掉了一张文稿。整个过程中，我都觉得像是远远地观察自己，但是又没有远到可以忽视自己演讲的错误。对于这样一个参与人数众多的大会，最后的掌声却不热烈。我也无法很好地应付演讲后的提问，不是重复之前的内容，就是偏离问题。我的心不在这儿。

随后我就去找菲利普先生。我想当然地以为他也在大会上，想当然地以为会有机会问问他德拉克斯一家的事儿。但是到处都找不到他，查询了登记处，也没有他的名字。我有些沮丧，在酒吧里闲逛，希望他会突然出现，直到一个在我学生时代跟我有短暂恋情的女人来搭讪。她兴致勃勃地告诉我她的职业规划以及她嫁给了一个儿科医生，非常幸福。他们有五个孩子，准备带去加利福尼亚。但是我发现自己很难集中听她讲什么，而且她的耳环晃来晃去，让我心烦。我意识到，我想念娜塔莉。我想念她悲伤的脸庞。一想起她，我的心里就有种幸福和痛苦交织的奇怪感受。接着我回忆昨晚自己给苏菲打的电话。我站起来，感到自己在酒吧的长毛地毯上有些摇晃。我想要什么？

“你的婚姻怎么样？”夏洛蒂问道，她似乎已经读出了我的心事。

“还不错。”我含糊地回答。

夏洛蒂微笑着似乎还在等我的下文。但是我不愿意继续沿着这个谎话详细说，也不愿意告诉她实情，因此就向她告辞。脑子里有很多很多事，我也无心去参加会议宴会。

七点钟，我在马尔塞布市的格拉特席耶勒区，乘着一幢老公寓里吱吱作响、黑暗阴沉的电梯上去。我等了一会儿，快要放弃的时候，门开了一条缝，一个高个男人在黑黢黢的门厅里打量着我。很明显，普雷兹没有想到会有任何人来访，更想不到是个不速之客。我没想到他比我高，但是他的确比我高，也比我年轻，四十岁刚出头的样子。

“我是达纳谢。”我告诉他，“我在照看路易·德拉克斯。可以和你聊聊吗？”

普雷兹孩子气的脸沉了下来。他黑色油腻的头发耷拉在前额上，眼睛下面都是黑眼圈，胡子也至少三天没刮了。他犹豫着，我正好有时间给他看看我来这儿路上在当地赌场买的一瓶潘诺酒。“我买给你的。或许我们可以一块儿喝一杯？”

这招管用，我进去跟着他走到小厨房里，他默默地打开瓶子，倒了两杯，招手示意我到休息室去。我坐了两把扶手椅中的一把。看来这就是路易来上课的地方了，看起来这地方并不激励人。这里还有我们喝开胃酒前的活动痕迹——一瓶潘诺酒（我猜得不错）和半空的平底玻璃杯。

“坐下吧。”他把酒杯放在扶手椅旁的桌子上，说道，“请坐。”

我简要地把路易的情况告诉了他，而且说不容乐观。简而言之，我觉得路易不会从昏迷中醒来。

“可怜的孩子。”他低声说道，然后很快地看向一边。

“我听说你不再行医了。”

“是的。”他沉重地说道，“我不再行医了。”

“因为路易？”通过他的衰相和那些酒来看，原谅我这么直接地说，这个男人是个废物。

“不是，是因为他的母亲。出事后，她来看我。”他说，看我的眼神令我有些紧张。他喝了一大口潘诺酒，咳嗽起来。我看到他的喉结颤动着。“她说她不想让这种事发生到其他人身上。”

我注意到窗台上有副双筒望远镜。书架上有些关于原始艺术、艺术家的生活的书，还有一些经典著作，其中福楼拜的作品最为突出。满满一架都是心理学书籍。但是这套公寓里有苦行主义的倾向，墙上除了有一堆海贝壳，几乎没有任何装饰。

“瞧，所有该说的，我都跟沙维乐福警官说了。”他说，“她的所有问题，我都回答了。”

尽管事实上他醉得不轻，我还是不由自主地觉察到普雷兹像沙维乐福一样，带着一种职业兴趣在观察我。我笑了笑，又喝了一口潘诺酒，酒劲很快冲到头上。我得保持清醒，我还没吃东西，要喝得慢一点。

“你能回答我的问题吗？”我问他。

“我想帮助路易。”他说道，“如果可以帮助路易……”他没说完，仍看着我，试图弄清楚状况，“娜塔莉说我该预料到的。”

“你同意吗？”

“不是你想的那种方式。我承认我搞错了，没有正确地解读迹象，我把这一点告诉了沙维乐福警官。”

“你指的是皮埃尔·德拉克斯？”

“我指的是所有的事，”他说，“比你知道的多，但是出于自我保护……”

“我没有责怪你，”我很快地说道，“我不是为这个来的。我并不知道有人可以阻止灾祸的发生。但是请继续讲。”

“事实是，我在黑暗中摸索。有些事，在路易来上课之前，娜塔莉就该告诉我的。我问了很多关于他的问题，有些重要的事娜塔莉没告诉我。有些事情如果当时就知道，我会以不同的角度来听路易说话。他时不时会说皮埃尔不是他亲爸爸，我以为那只是他的想象。但其实他说的是实话。他并不知道那是事实，但他听到一些闲言碎语，拼凑起来。他有直觉。他也对强奸很着迷。”

他停下来，认真地看着我，看我是否知道这些，我缓缓地点点头。

“他猜到的比任何人意识到的都要多。”普雷兹最后说，“他很聪明。如果我知道他猜到这些事……如果我之前知道这些事，这一切都不会那么混乱。但是我直到后来才知道。”

“你喜欢他吗？”我轻声问道，“我没见过昏迷前的他，他是什么样的？”

“极其麻烦。他讲故事，我从来不知道哪些是真的、夸张过的，哪些是他纯粹捏造出来自娱自乐、混淆我视听、不让我知道究竟是什么令他烦恼的。”

“但是你喜欢他吗？”

“别人付钱给我可不是让我喜欢他的。他让我着迷同时又令我气恼。他有时候袭击我，打碎东西。我们不再见面之后，他给我写了一封信。”

“一封信？”

我内心不平静起来。

“他喜欢写信，”普雷兹重重地站起来走到房间角落的书桌那里，打开抽屉，他取出一张折叠过的纸，“这是唯一一封他给我的信。这是复印件，警察局保留着原件。”

我看这是典型的孩子笔迹：干净、认真，值得表扬。

“上面还有一些仓鼠的粪便，”他苦笑着说，“这是典型的路易做派。我给沙维乐福警官看过。”

你是个大骗子，肥佬普雷兹。是你告诉她你再也不想见到我了。是你告诉她你受不了我了。她是这么告诉我的。而且你曾说过我们的对话不会外传，那也显然不是真的。所以你糟透了，我希望你早点死，或是感染一种恶心的病。

路易·德拉克斯

其中的愤怒吓到了我，这男孩子到底是谁？他遭受过什么事令他如此愤怒？谁虐待过他？

普雷兹用袖子擦擦眼睛，他看到我注意到了，他耸耸肩往别处看去。

“我也收到了路易的信，”我缓缓说道，嘴巴干涩，“这是我来的原因。我来不是盘问你，而是来请你帮忙的。”

他猛地回过头看着我，看起来很痛苦：“你也收到一封信？但是他在昏迷之中。”

我取出信的复印件和那张处方单给他看，等着他把这些看完。

“所以……”他抬头看着我，“我不明白，你最好说清楚。”

“我小时候和年轻的时候会梦游，但很多年没发生了。可是最近，路易来了之后，我又开始梦游了。但是我哪儿也不去，只是写东西。我在睡梦中写了这封信，还有一封给娜塔莉，还有这张处方单。都是在睡梦中写的，而且我有录像带证明我这么做了。”

他缓缓点点头，看着我的脸，我看见他的想法翻滚着，感觉到越来越兴奋。

“胰岛素、氯仿、砒霜、沙林毒气和羽扁豆种子，”他低声念出处方，然后用力捶着书桌，晃动了玻璃杯，“是路易，毫无疑问！他着迷于各种事实、异常医学、毒药。这很符合他的行为方式，是他！太神奇了。信也是他写的。”

我大大松了一口气。“我以为自己疯了。”我承认道。

他点点头说：“你当然会这么想，你还没告诉沙维乐福警官，因为你认为她不会相信这是路易写的。”

他以陈述事实而非指控的方式说。

“是的。”

“可以理解。”他说，“但我们必须想得更深入些。”

我们谈了很久，他突然的兴奋感染了我，对于发生的事，我害怕、困惑而焦虑，以致无法思考对我的声誉造成威胁以外的事。现在我开始从另一种视角来看待。这是个机会，预示着路易还有希望——也可能是对我们这些所谓的把他送到死神手里的人的救赎。尽管已经半醉了，普雷兹比我想象的反应更快，更犀利。

“你是他的导管，”他说，“他的沟通方式。他看中你某些方面，需要告诉你一些事，这仅仅是他想说的话的开端。这封信，”他坚定地说，“也是典型的路易所为，一个有恋母情结，有心理障碍的孩子。而且他是左撇子。”

他停下来，努力地想着。

“我该怎么做？”

“你回去尽可能多和他待在一起。守在病房里，等他再次这么做。他可能比你想象的清醒。同时，看好娜塔莉。”

“看好她？”

“是的，看好她。虽然你爱上了她。”他轻声说，这是陈述而非询问。我马上站起来要走了。“这是你来的另一个原因，”他继续说道，“不是吗？路易这点说对了？”

“那很荒唐。”我说着伸手去够外套。

但是他不买账，只是看起来相当沉痛。

“不关我的事。”他叹了口气说，“但是你必须知道，她比你想象的复杂多了，她比儿子更需要心理治疗。往往父母比孩子们更需要心理治疗。娜塔莉看起来很正常，但是她否认很多事。是她撕毁了合约，不是我。正当路易有点起色时，是她决定不再让他到这儿来。回想起来，我猜她是害怕路易意识到他和强奸的关系。她不想让他猜到更多，现在我这么想。当时我只是怀疑这整件事。”

“你能怪她吗？”

“我可以理解，但是，”他终于说，“不管我怎么看待娜塔莉的心理状态，有件事你必须知道，因为我，路易才死了或者快死了。”

“这是娜塔莉告诉你的吗？”

“是的，这是她告诉我的，而且她没错。”

“你真的认为是他爸爸把他推下去的？”

“整件事我都想错了。”他缓缓说道，“路易和他爸爸关系似乎很好，但是比我想象的更复杂。我当时并不知道原因，花了很多时间想这件事。我一直认为是路易自己引起了那些意外。”

“你认为他爸爸虐待他？他的爸爸或妈妈虐待他？”

“我只照看了他一年。不知道在那之前事情是怎么样的，但是在我照看他时，我认为是路易自己造成了这些意外，来得到父母的注意。现在我就不知道了。我不知道要怎么做才能找出答案，除非路易想要告诉我们。”

我们道别时，他给了我个悲哀的酒鬼式微笑。

“告诉我发生了什么事，”他说，“关于那些信的事，我会支持你的，如果对警方有用的话。”

我谢过他，到车站赶晚班火车回普罗旺斯，上车后就睡得跟石头一样。

我一定在睡梦中重温了一次和普雷兹的对话。几小时后，我在半空的车厢醒来，仍感到残余的兴奋。普雷兹使我乐观起来，现在我兴奋且不再害怕发现更多真相。兴奋能够和路易沟通，找出他真正想说的话，并在这过程中明白我没有罪。对我的同事来说，这些听起来很疯狂，可能难以说服沃丹，但是我会找到办法。杰奎琳会站到我这边，这一点我确定，普雷兹会支持我。火车到莱拉克站时，我已经做出了另外一个决定。这显然是受到与普雷兹谈话的启示。目前，除非公事需要，我不应该再见娜塔莉。现在她需要我的保护，不多不少。在更进一步考虑之前，我必须正视自己的感情，和我的妻子说清楚。

我想象着苏菲在蒙彼利埃，和女儿们品着葡萄酒，在床上读着托尔斯泰的作品，手里拿着酒杯就睡着了。我的心突然不安起来。

回到家里，她不在，整个房子都空荡荡的。我又想给女儿们打电话，但是到底没打。

如果和她讲的话，要告诉她什么呢？

告诉她我疯了？一个九岁男孩儿和我有心灵感应？我无可救药地痴迷于娜塔莉？

第二天我起床很早，七点就到了办公室，决定谁也不见，埋头避祸，尽可能淡化娜塔莉对我的奇怪吸引力，这吸引力对我和她都没好处。但是每次回想起我们做爱时她抱着我哭得像个孩子，我都觉得要晕掉了。我把自己锁在办公室里，告诉诺埃拉我在写一篇论文，除非紧急状况，否则电话一概不接。我确实要投稿到美国的一个神经病学期刊上，截止日期快到了。

我一直很擅长在工作中进入忘我境地。诺埃拉敲门时，已经十点了。她看起来慌张而惊讶。

“确切来讲，不是什么紧急情况，我并不想打扰你，但我想你应该知道。”

“什么事？”

“病房里发生了一点事，可能还没结束。杰奎琳打电话要你去，因为病人亲属德拉克斯夫人似乎受到了攻击。”

我的胸口突然感到一阵痉挛。我跑了出去。当我气喘吁吁地赶到时，病房一片混乱。沃丹和负责看守路易的沙维乐福警官都在那儿，就是没看到娜塔莉。路易的床头桌翻倒了，一瓶花——巨大的百合花和姜花——翻倒在地上的一摊水里，碎落的花瓣好似在争执中被踩过，杰奎琳来到路易床前，站在我身边。

“我已经把凯文、伊莎贝拉和亨利转到物理治疗间里，给他们听音乐。”

“她还好吗？”

“只是受了惊吓，我想。被玻璃割伤了几处，贝特已经帮她包扎过了。”

“怎么回事？他到底怎么进来的？”

“不是他，”她小声说道，“是他的母亲，露西·德拉克斯。”

我松了一口气，闭了一会儿眼睛。

“她到病房来，一看到娜塔莉就嚷着让她离开她孙子。当时娜塔莉坐在路易床前，握着他的手，背对着露西，直到被攻击才知道发生了什么事。”

我开始听时感到迷惑，但当杰奎琳讲到露西那个老女人一把抓住娜塔莉的肩膀，把她拖到自己脚底下，辱骂她时，我非常愤慨。娜塔莉努力挣扎着要挣脱，在这个过程中打翻了桌子，打碎了花瓶。挣扎了好一会儿，警察才成功地把她们分开。

“路易呢？有什么反应？”

“眼都没眨。”杰奎琳说道。

“谢天谢地。”

我不相信地摇摇头，看法蒂玛拿着拖把过来就往外走去。沙维乐福过来加入了我们。

“娜塔莉在哪里？她怎么样？”

“乔治带她回她自己房间了。她当然受到了不小的惊吓，但是没怎么受伤。”

“似乎这家人都有暴力倾向。”当我们不约而同地离开杰奎琳，走向落地窗时，我说道。

沙维乐福耸耸肩："我不知道，比看起来要复杂。"

"什么意思？"

"达纳谢，"当我们走到阳台时，警官说道，"现在我得让你知道，一旦涉及娜塔莉·德拉克斯，真相就变得更加扑朔迷离，没法了解所有的真相。"

"我猜，你了解真相。听我讲，据我的经验……"我开始说道。

但是她打断了我："达纳谢，我必须告诉你，就在昨天我们有一条非常有趣的线索，一条我们意想不到的线索。现在他们正在告诉娜塔莉·德拉克斯。"

"什么？"

"这条证据，我们还要再做一些检测才知道。"她说，戴上太阳镜向花园望去，"也许没什么，达纳谢，但是如果有关系的话，一个小时左右我就会知道。"

笔迹鉴定专家的鉴定报告。我脸红了，肚子也慢慢抽了起来，现在这个时候我应该坦白自己做了什么，是怎么发现这件事的。普雷兹会支持我的。但是我没有坦白，只是说自己有稿子要赶，就告辞了。她还站在阳台上，眺望着阳光下的风景。远处乌云正在聚拢。

我坐在路易那里。

"我不知道你在干什么，路易，"我在他耳边轻轻说道，"但是我在听，再跟我说一遍，好吗？我知道你在努力和我说话，我现在有麻烦了。我可以帮你，但是你也要帮我。让我们相互帮助，共渡难关。"

但是他只是躺在那儿，眼睫毛投下阴影在脸上。嘴微微张开，浅浅地一呼一吸。

回到办公室，我打电话到娜塔莉的房间，只接通到了语音信箱。这点我不怪她。我留下了简短留言，说我听说了她被攻击这件事，非常抱歉。而且我有非常要紧的事和她讲。我留下自己的手机号码让她给我回电话。

“保重。”最后我说道。

“我想让你……”

我紧紧闭上眼睛，挂断了电话。我到底想让她做什么呢？求她爱这个在睡梦中写信威胁她的男人？

露西·德拉克斯夫人七十多岁了，眼神清楚，一脸睿智，完全不符合我之前想象中尖叫的疯婆子形象。她出现在办公室里，令我有些不安，和她见面，甚至让她坐下，都让我有背叛的感觉。但是她有权利看望自己的孙子，并且和他的医生谈话。她千里迢迢从巴黎赶过来看望路易。我如果拒绝见她是非常不礼貌、不专业的。

“我听说了你和你儿媳妇的那件事。”刚握完手，我就说道。我说得很轻，但是很坚定，“我得告诉你这样的行为在昏迷病房是不行的，在任何病房都是不行的。”

“我知道，我向你道歉。”德拉克斯夫人说道，“毫不夸张地说，当时情形非常紧张。娜塔莉试图阻止我探望孙子。我希望你知道这些。她告诉我，自从皮埃尔……消失后，不想让我靠近路易。”

我不知道该说什么。看得出来，她在承受着巨大的个人压力。“你没见过皮埃尔？”

“我当然没见过。”她突然说道，快要哭了，“谁也没见过，现在这就是新的证据。”

“对不起……”她突然停住了，用手掩住了嘴巴，“我不是这个意思。这条线索很可能是错的，我一直在告诉自己。我很担心皮埃尔，现在我更担心他了，这不是他的所作所为。”

“但是考虑到他做的……”

这时她站起来，威严而愤慨地说起来。她的声音颤抖了，但很坚定，很有说服力：“我儿子并没有试图杀死我孙子，达纳谢医生，他不会这么做的。皮埃尔比娜塔莉更爱路易，你要相信我。”

接着她哽咽了，我隔着书桌，把手放在她胳膊上，为她感到非常抱歉。

“留下来吧。”我说，示意她再坐下。我感到筋疲力尽，不想再和她争论了，“咱们谈谈路易吧。”

我准备了很多咖啡——现在我喝到咖啡都发抖。我们闲聊了一会儿，消除了误会，才向她说明医生对路易病情的预测。她的问题很有见地，而且一针见血。我问她关于信的事。她说，那些信是皮埃尔所写，这种想法很荒唐。

“我同意。”我说，同时我也感到愧疚。我应该告诉她，但是怎么说呢？该如何措辞？她会认为我疯了。于是我忍住没说。她很快就会知道的，新的证据只有一个意思：笔迹鉴定专家发现是我干的。像普雷兹一样，她也确信那些信是典型的路易所为。这很奇怪。只有非常了解路易的人才能这样模仿他。她说，路易每年给她写几封信。路易是个非常奇怪的孩子，有些不循规蹈矩；很可爱但是又很难带，有些麻烦。“那些是感谢信，但是他总会写上其他的东西，蝙蝠或者其他生物，或者他觉得学校怎么样，世界怎么样什么的。他很早熟，也难怪他在哪里都不适应。我常常好奇他的亲生父亲是什么样的人。”

我差点被咖啡呛到。显然她并不知道这回事儿。但是她以为自己知道。

“听娜塔莉的姐姐说，是个阳光、友善的年轻人。”

“我想娜塔莉和她姐姐很疏远。”

“是的。但是我很好奇，想多了解一些我儿子娶的这女人。于是去拜访了她姐姐。”

“什么时候？”

“四个月之前，当时皮埃尔和我住在巴黎。”

“关于那个男人，她还说了些什么？”

“弗朗辛吗？没别的了，只是说他人很好，发生的这些事并不公平。我也赞同。但是不管怎么说，没有他，就没有我孙子，是吧？所以其实我也不能抱怨什么。”

“你认为‘发生的这些事并不公平’是什么意思？说得有些含蓄，你不觉得吗？”她紧紧地盯着我。

“那个故事有不同的版本，达纳谢。我从弗朗辛那里听到的和娜塔莉告诉皮埃尔的不一致。一点也不一致。她告诉我——说实话，对此我毫不怀疑——娜塔莉和让·卢克发生过关系，而且……”

有人急切地敲门，门立刻开了。沙维乐福警官进来了，她看起来面色苍白而严肃。

“抱歉，”她说，“我有紧急的事情要和德拉克斯夫人讲。达纳谢，你介意我们用你的办公室私底下谈一会儿吗？”

选这个时间点可真不怎么样，打扰了我。我意识到，德拉克斯夫人正要告诉我一件重要的事，一件我未必喜欢但是需要知道的事。我走到诺埃拉的接待室去。诺埃拉闲聊的兴致很高，显然对正在发生的事情很感兴趣。

“可怜的孩子。”她说，“都是乱糟糟的，他一定不容易。”

“他在昏迷之中。”我提醒她说。

“是，即使这样他也不容易。”

意识到从我这里得不到任何信息，她继续告诉我她的家人和他们的光荣事迹。她的小儿子刚赢得一个游泳奖牌。我恭喜了她。她的二儿子考了全班第一名；大儿子刚获得提拔。我又恭喜了她。她觉得儿媳妇可能又准备好怀孕了，现在他们的将来看起来更有保障。我嗯嗯啊啊地应付着她，却没办法关注她说的任何一句话。正在这时，办公室里传出一声恸哭，接着是一片死寂，然后又一声恸哭。诺埃拉和我面面相觑，竖着耳朵听里面的动静，只能分辨出沙维乐福警官在低声说话。

接着门开了，沙维乐福警官走了出来。

“我能用些纸巾吗？”她问道。

诺埃拉无声地把盒子递给她。

“发生了什么事？”我问道，但是她只是忧虑地看了我一眼，又回去了。

五分钟后，她们两个都出来了。德拉克斯夫人似乎走路都有些困难。她眼神狂野，脸上还挂着泪痕。沙维乐福警官伸手扶她，她像一个溺水者一样紧紧地抓住、抱住她的手。

“我必须带德拉克斯夫人去维希。”沙维乐福警官静静地说，“乔治·那维拉很快会和你联络，达纳谢。我想你知道原因。”

她们走了。

之后二十四小时发生的事，在我的记忆里仍是一团团模糊的影像，对话及过去焦虑梦境的片段，这些我现在都还没有从中复原，我指的是真正的复原——痊愈、忘记、原谅、了解和继续向前。这是一块瑰丽的时间污渍，在我心里犹如傍晚天空的血红颜色，是一轮带走一天烦恼的不健康落日。

沙维乐福警官和露西走后不久，乔治·那维拉出现了，样子怪怪的。他的仪态很奇怪，好像试图表现出正式的模样，我马上发现，他正是要如此。诺埃拉带他进来时，他咳了一声（那种打破沉默而非清喉咙的咳嗽声），但没说什么。我站起来迎接他，和他握手，最后他开口了，要我和他到莱拉克的警察局进行问话。正在做文件归档的诺埃拉惊讶地打了个嗝，匆忙告退，留下我和乔治两人。

“对不起。”他说。

我早就宿命地知道，这迟早会发生。但就像任何理论成真时，它的真实性吓到了我。我并没有被控告，那维拉向我保证。但有件事必须要澄清，那些信的笔迹鉴定报告出来了，暗示是我写了那两封假装成路易写的信：一封给娜塔莉，一封给自己。

“我是在完全不知情的情况下做的。”我告诉他，“我的意思是，我做这些时，没有意识。你明白我在说什么吗？我做那些事时，处在一种无意识状态。”

乔治毫无表情地看了我片刻，接着皱起了眉。

“我认为你最好现在什么也别说，医生。”他低声说道，“我们只是把你带到警察局去。”

出来的时候，我告诉诺埃拉打电话给在蒙彼利埃的苏菲，告诉她我正在被警察问话。然后我又改了主意，告诉她不要打。然后又有了主意：“先别惊动她，好吗？”

诺埃拉眨眨眼，愤慨而悲伤地看了我一眼。这让她有些难以接受，她伸手去拿润肤霜。

我们离开了医院。那维拉在卵石路上慢慢开车时，我看到园丁吉拉多先生正在巡视薰衣草边界。我们经过时，他摘下一朵薰衣草，若有所思地揉碎了，凑到鼻前去闻。那一刻我真是羡慕他。经过时，他看到我在车里，就朝我微笑招手。

“不得不承认，我很惊讶，达纳谢。”那维拉说道，换了挡。“那么说你告诉我们第一封信的事，是假动作咯。”

“这不是假动作。看，这可能对你而言难以理解。但是我做那些事时没有意识。我的意思是，虽然是我，还得经过验证才知道，是吧？看，我有夜游症病史。但是我的意思是，我为什么要给自己写恐吓信呢？我自己也想不透。”

“夜游，呃？”那维拉说，他开着车，好一会儿什么也没说，在思考这件事。

“那皮埃尔·德拉克斯呢？”我终于问了，“当然你们还在找他吧？”

“不了，”他说，“现在没必要了吧，不是吗？”

他左转开上去莱拉克的路，加速超过了一辆载着木头的拖拉机。

“当然有必要！他还在逃，不是吗？”

“事实上不是，”他说，然后转过脸看着我，带着锐利、探究的目光。“已经找到了皮埃尔·德拉克斯。这是沙维乐福警官带走他母亲的原因，她带她到维希去见他的儿子。”

“找到他了？这是好消息！当然——”

他打断我：“我说的是尸体，皮埃尔·德拉克斯的尸体。”

我们默默地开着车，我看着他整洁精明的轮廓。似乎没有什么可说的了。皮埃尔·德拉克斯死了，所以他没跟踪任何人，也没有写信。那——

最后我说：“自杀吗？”

“我不知道，”他说，“现在没有人知道。”

小小的莱拉克警察局充满着昏昏欲睡和衰败不堪的气氛，布告栏上的通告飘动着。在审讯间里，乔治用僵硬、正式的口气告诉我，警方笔迹鉴定专家判定那封信是一个惯用右手的人用左手写的。

“不幸的是，那两天的闭路电视录像带都不见了。”他缓缓地说，然后叹了口气，压低了嗓子，“要和你的律师谈谈吗？达纳谢，或者你认为自己可以拿到录像带？”

我看得出他想帮我，但是我不知道如何让他帮我。我这种情况有什么规矩？我应该把真相都说出来吗？是的，我拿录像带是因为我知道自己写了恐吓信。但是那是我在睡梦中由路易引导着写的，普雷兹可以为我做证；在里昂那天晚上，他说了很多。但是我能指望普雷兹在清醒的时候有同样的反应吗？甚至于他还记得我的到访吗？还是不如就这样坐着等着和我的律师谈谈？由于自己的犹豫不决，我拖延着什么也没说，直到乔治·那维拉叹了口气，告辞说，他会让我好好想想。

有一会儿，我听到狗叫声，就透过小窗户向外看去，看到娜塔莉带着乔乔；她在一个女警官的搀扶下沿着走廊行走。她看起来眼睛红红的，身形看起来更小，比以往任何时候都要脆弱。我想起她纤细的身体紧靠着我的身体，肌肤相亲。我嗓子眼里像灌了铅，接着突然流下了两行热泪。我想出去叫住她，但是知道这不行。我能说什么呢？我猜，他们已经告诉她，她丈夫的尸体找到了。他们也会告诉她是我写了那些信，或许还会问她是否要对我提出指控。她会认为我令人恶心。除非她像普雷兹一样，也相信那是路易在与我交流。她一定会相信的。她说过“我认为我的儿子是天使”。她意识到了我爱她吗？难道她感受不到吗？

把路易看作个例，梅尼尔曾经提醒我。

但是我做不到。随后突然想到，菲利普一定看到路易有什么古怪之处，因为他告诫我看好路易的行为，我曾经还怀疑这是因为他喜欢娜塔莉。但是如果是因为其他事呢？我得和他谈谈。

“你需要休息一阵子。”盖·沃丹飘然走进审讯室，手坚定地压在我肩头上说，“我和乔治谈过了。对不起，帕斯卡。我不知道你压力这么大，现在苏菲又去了蒙彼利埃……”

他不必明说他想什么，我都快要崩溃了。

“不是你想的那样。”我抗议道，但是知道没有用。

“那维拉告诉了我你的想法，梦游的事。很抱歉，我不相信。”盖重重地叹口气说，“我钦佩你的工作表现，但是你的方向错了，这非常不专业。我现在事情很多，没办法跟你详谈。你何不好好休几天假，回来后再把事情写下来，会清楚些。”

我的下一位访客是杰奎琳，她带来一大袋黑葡萄放在我面前，她在外面碰上了盖，他告诉了她我们的对话。

“路易让你做的。”她宣布。她选出最好的葡萄递给我，把烟灰缸推过来，让我放葡萄籽。她像监视我服药般地看着我吃，我感觉自己像个充满感激的病人。

“但是盖——”我开始说。

她哼了一声：“你知道盖的，他只想要平静的生活。”

“告诉娜塔莉，”我说，“娜塔莉会相信的。告诉她，拜托，杰奎琳。”

她笑了，但看起来很疑惑。“当然。”她说。很快拿了另一颗葡萄给我，葡萄颜色像血一样深。“越多人这么想越好。我一直很忙，苏菲从蒙彼利埃打电话来，她听诺埃拉说了。她很苦恼。

我想她不知道要留在蒙彼利埃还是要回来。如果她再打电话来，我该说什么？”

我理解苏菲的选择，她想要逃避。如果她要回来，又是为了什么呢？她已经离开了那个男人，那个即使不舒服也要无可救药地爱着娜塔莉的男人。事实是，尽管我自己本能地呼唤理智，但我还是屈从于自己无法控制的东西，我没有改变，也不想改变。

“告诉她，我会没事的。我只是想让她知道娜塔莉发生了什么事，仅此而已。”我在思考娜塔莉的事。关于那些信：远离男人，坏事情会发生，还有胰岛素、氯仿、砒霜、沙林毒气和羽扁豆种子。

路易让我给他妈妈开毒药方。普雷兹曾经说，一个有恋母情结的麻烦孩子——路易·德拉克斯，在昏迷之中，要他妈妈死。

但是为什么呢？什么样的孩子想要惩罚爱他的妈妈？想要对已经走投无路的女人再加以伤害？而奇怪的是，她居然安然无恙。

杰奎琳走后，我吃了剩下的葡萄。然后把葡萄籽在桌子上摆成一些同心圆。这令我排除了所有私心杂念，甚至让我感到安慰。

第十一章

孩子需要一个自己能信得过的大人。这是妈妈说的。但是信得过谁呢？你怎么知道他信得过？

古斯塔夫捡起一大根带串串松果的松树枝，擦根火柴从底端点起，直到松针都嗞嗞地燃烧着。他把树枝高举到空中挥舞，燃烧的火花纷纷落下，把人呛得直咳嗽。

孩子需要一个自己能信得过的大人。这是妈妈说的。但是信得过谁呢？你怎么知道他信得过？

“看过这样的火炬没有？”

“没有。好酷！”

他像爸爸以前那样，拉着我的手。但是因为脚跛了，动作比爸爸慢。他饿得瘦弱不堪，推一下就会倒下，不比九岁的男孩强壮多少。如果打一架，我可能会赢。而且还可能会一不小心杀死他。相信我，这种事有可能发生。盛怒之下的人不知道自己在做什么，之后后悔已经来不及了。

天色很黑，听得到猫头鹰叫，闻得到森林里的烟火味，向山坡下看去，可以看到一点火红，那是之前我们点燃营火的地方。

很远但是正在逐渐接近。火势就像大水一样蔓延得极快，而且火能上坡而水不能。我牵着古斯塔夫的手走着，感觉到他的骨头，我开始了解一些事情了。我必须告诉达纳谢，因为感觉到危险来临，就必须告诉一个自己信得过的大人。但是他不在，我也听不到他的声音。他之前在那儿，就像在另一个房间里，或者在水底和巨管虫在一起。但是他像星星一样不见了。爸爸有次告诉我星星的故事，你可以看得到流星，但是它们并不是真的在那儿，看到的只是它们消失后留下来的光，有时可以看到星星消失。你一直瞪着眼睛看着，然后眨眨眼或眼睛移开一下，它就不见了。我一定是眨了眼或者移开了眼睛，达纳谢就不见了，其他人也是，妈妈和护士们也不见了。绝症医院怎么了？我要回去告诉达纳谢我需要告诉他们的事，可我不能。我可以感觉到危机越来越近，我害怕了。

“快到了，”古斯塔夫说道，“跟着我，年轻人。”

但是他在树根上绊倒了，我这才知道他瘦成了皮包骨头，肋骨都看得见。他躺在那里咳出更多的脏水和呕吐物。我更害怕了，因为也许他死得比我想象的快，也许是我害死了他，也许这就是危险。我试图把他拉起来，但是不行，他太重了，于是我坐在他旁边，等他喘过气来，我们又开始走。但是这次走得更慢了，他的所有能量像个三甲级的电池一样都用尽了。

接着我们可能睡着了，因为醒来时在一个新地方。天气还冷，有些亮光了。我们在一个山坡上，往下看去是一个很黑的洞穴，往外冒着冷气，像是一张冰冻的嘴在往外呼气。

“就在下面，”他说，“我们要爬下去。我打赌你肯定喜欢爬山，年轻人。”

但是我很害怕。看起来那么陡峭，根本爬不下去，尤其是此时他浑身散了架，裹着绷带，力气都用完了。我不想跟着他下去，因为如果下去了，我们怎么出来呢？我们出不来。这真是糟透了，我得告诉达纳谢或者肥佬普雷兹，我感觉到危险像一条大蛇一样紧紧缠着我，能挤碎人的骨头。但是他们不在，只有我和古斯塔夫，他还缠着血迹斑斑的绷带。如果你做出决定，那这就只是你的决定，不是其他人的。

“我讨厌爬山。爬山逊毙了。”

“相信我，年轻人。”他说，“我会帮你的。瞧，我要点上根火把。”

他掏出火柴，把松树枝顶部的一团团松针点着了。呼的一下，噼里啪啦地嘶叫着，像个小火球。他的绷带白得晃眼，但上面的血迹暗得像泥土的颜色，干掉的泥土。我突然想看看他的脸，尽管他没有脸。

“在下面，”他说，“我先进去，你再下来。跟着我，年轻人，我们慢慢走，一次一点点。最好倒着下去，抓好脚踏的地方。”

他咳了几下，咳完后便开始倒着往下走，头上高举着树枝火把，熊熊燃烧着吐着火的松针。他叫我时，我跟着他下去，虽然很害怕，但我不知道还能怎样。我像他一样倒着下去，攀住岩石，手指插入石缝里抓着——很冷，很冰。好远的一段路。我还是很害怕。胸前的冷空气和脚都冰得半死，全身冷得发抖（因为冷也因为害怕）。我被火把升上来的烟呛着，在几乎全黑的状况下继续下去。古斯塔夫在下面，我只看得到树枝火把的火，感觉自己在爬向危险。

“现在不远了！”他喊道，听起来他在下面很远处，“我到底了，下面是平的。我再点上一根火把，年轻人，这样你能更清楚地看路了。就这样，再过几米，那就到了。”

接着，我感觉到他瘦骨嶙峋的手抓住我的臀部，帮着我下了最后一小段儿，但是因为自己不够强壮，他随之就倒在了我下面。我站在地上，发现我们在洞穴里，燃烧的火把照着四周的墙壁，像骨头一样的白色石头，像是置身在可怕的骷髅里。

“就是这儿吗？”

“是的。”他说道，“听，你能听到水声。”

我们就听水流过，似乎和我很久以前听到过一次的声音很像——也许那是爸爸淋浴的声音。

“你必须得相信我，年轻人。”他低声说道，“你要相信我爱你，绝不会伤害你。”

接着他指着石头说道：“在这里，我用血写下了她的名字，还有我儿子的名字。看到了吗？”

我看了，起初太黑看不见，后来就能看见了。字母很大，朝一侧倾斜，很狂放，是我看到的最大的字了。血在石头上已经变得发暗，就像他绷带上的血一样。他把绷带一圈圈解开，就像意大利肉酱面。

凯瑟琳

路易

我看了这两个名字很长时间，眼睛眨啊眨，然后转过头，他在那儿解下绷带，露出了脸。

▸ 第十二章

这场婚姻非常不幸福，从一开始就不幸福。

一个小时后，乔治·那维拉回来了，看起来比之前高兴。他的眼睛里闪烁着光芒。

“怎么了？”

“还不太确定。”他说，“但我已经和沃丹医生和德拉克斯夫人谈过了。她有太多事要操心，现在不会提出控告。她也许会改变主意，但是你可以想象，她的状况不太好。所以如果你能把借医院的东西完好还回去，大概你就没事了。同时……”

突然他的手又忙起来，在一个松散的档案夹里的文件中翻出一张报纸——《星期一报》。

“我不该告诉你的，帕斯卡。”他说，“但我想让你看看这个，这是公开文件。”他拿给我，指了指头条，悄悄关上门，就离开了。

《洞穴内发现神秘尸体》，我吞了下口水。读着报纸，我的嘴和喉咙都很干。在奥弗涅靠近庞迪罗的地方，一队洞穴专家发现了这令人毛骨悚然的一幕：一具男性残骸，在一处洞穴里的岩架上。

看来这名男子可能是从悬崖上坠落到下面满是洞穴的溪谷里的，有的洞穴高出水平面三米多。庞迪罗山区就像块瑞士奶酪。暴风雨过后，水位高的时候，河水涨起来能淹没所有的洞穴。洞穴专家起初以为，尸体是另一位洞穴探险家的。但是他没有装备，穿着也不像是要勘探洞穴。看来死者是被溪谷涨起来的河水卷入这些洞穴的。

这是个很难被发现的地点，勉强被勘探到而且难以到达。如果不是洞穴专家们正在仔细地做河流和洞穴勘探，尸体可能永远不会被发现。那是个大而凹凸不平的石洞，上面很高的地方有个小裂缝，偶尔能透进一点天光，里面住了一大群欧洲蝙蝠。要将尸体从那样的地点运出，十分困难，尸体已经严重腐烂，进去的路径很崎岖。最后必须从洞穴上面往下挖，从狭窄裂缝吊下一组人进入洞穴来移出尸体。但不管事情是如何发生的，这个人并没有立刻死亡。证据显示，他掉到洞穴里时还活着。

DNA 报告出来后，警方立刻知道这是皮埃尔·德拉克斯的尸体。随后警方联系了皮埃尔的母亲，通知了他妻子。

乔治·那维拉回来前我把报道看了三遍。

“如果他到洞穴时还活着，那他是怎么死的？所谓的证据是什么？”我看完后问道。

“那个他们也不确定，”乔治缓缓说道，“但看起来可能……很可能，他——”

他停下来看着窗外的葡萄园，长长一排平行的葡萄树，在耀眼的阳光下延伸至远方小山丘隆起处。

“他是饿死的，”他安静地说，“皮埃尔·德拉克斯在洞穴里是饿死的。”

到了吃午餐的时候，我就可以离开警察局了。我的律师在电话中告诉我，信里并没有严重的威胁，我也没有做什么不法行为，只是从医院借了一件要归还的东西。娜塔莉·德拉克斯不太可能指控我，现在发现了她丈夫的尸体，她要担心其他的事情。这件事是绝对上不了法庭的。至于我的梦游理论，我最好不要张扬，免得别人以为我是疯子。最后他说我需要离开医院去休假。他很高兴听到沃丹医生也建议我这么做。有趣的是，他说自己从来不觉得我是古怪的人。

“我不是古怪的人。”我说，“我治疗昏迷病人，有四株小盆栽，纳税。”

“我不知道盆栽的事。”他说，“我该重新考虑我的论断吗？听着，去度个假，度假村什么的，我听说土耳其不错，带上苏菲一起去。”

一拿到给自己的东西，我就检查手机，有两个留言。一个是苏菲的，语气很正式，说她不知道发生了什么事，但是有权利知道为什么警察也参与了进来。说我应该打电话到女儿们的公寓去，把她需要知道的告诉她。第二个是娜塔莉的，我几乎听不出她的声音，她带着哭腔愤愤地骂我病态。我不知道自己在干什么。她信任我，收到信就给我打电话。搞了半天，我竟然就是写信的人，我比皮埃尔更病态。

我立刻打电话给她，但没有回应。我留下一长串杂乱的奇怪留言，解释梦游的事、普雷兹，还有我多么替她难过，很希望我能帮忙。希望我能让她了解，那件事不是病态，而是路易，路易想要和她联系，联系我们两个人……我很想她，我想她，我想她。我不知道自己身上发生了什么事，我试着不想她，但……最后还是不行。我被自己的口齿不清和所有的绝望吓到了。哦，以上帝的名义，我知道自己在做什么吗？

我回到医院，安静地把录像带放回抽屉。病房里几乎空了，唯一的护士玛丽安告诉我，会议室正在召开紧急会议。看到我进来，沃丹皱起了眉头，显然他没料到会见到我。他正在简述消防部门的建议：如果风继续往这个方向吹的话，我们最晚明天就要撤离。但是大家都满腹牢骚。他说这是预防性措施，但目前的天气预报和风力……

会后，沃丹将我拉到一边，告诉我不管警方的调查结果如何，他坚持要我休息。目前我正面临危机，不适合与任何人在一起。我应该自己好好理清楚。他认识戛纳一位不错的心理医生，他写下名字和电话塞给我。

“去吧，帕斯卡。”他说，“相信我，我想让你留在这儿，但是只会让事情更复杂。去休息休息再回来。”

“但是撤离……”

“我们可以应付。”

离开医院前我去看了路易。除了胸前一起一伏，他没有任何反应。在阳光下，他脸色蜡黄，没有任何表情。比没有表情更甚，完全是僵硬空洞的。可以说怪不得除了我、杰奎琳、普雷兹甚至最后还有他妈妈，没有人会相信发生的这些事。尽管娜塔莉的留言充满了愤怒，我仍然抱有希望。没有人比她更了解自己的儿子了，知道他能干什么。“也许路易真的死了。”她说，“也许他会变成天使回来，有可能吧？”

她心里当然有数他干了什么。

她现在在哪里？在接受审讯的时候，我就在猜想，强迫自己再现山顶的惨状，把她丈夫的死也包括进去。他一定是自杀的，这点我非常确定。做了那些事后他怎么还能苟活呢？我想象沙维乐福警官盘问娜塔莉这件事。一遍又一遍地问同样的问题。而娜塔莉报之以眼泪和挑衅，自己一个人去面对。我知道自己不该靠近娜塔莉，也不想再留言了。写封信也许比较好。但是现在有件必须、而且可以做的事。

我开车到尼斯，然后乘飞机到克莱蒙费朗市，接着租了一辆车，熟门熟路地开到维希。维希像一位年华老去的美人，是垂死者、无药可救的人和忧郁症患者的圣地。拉维尼亚离开地平线医院后在这儿待了三个月，在那些走马灯一样的外来者和混吃等死的病人中，痊愈了。我定期来看她，所以对这个城市很了解。

我知道在哪儿找得到沙维乐福警官，她会在重点医院的停尸间里，而且我猜德拉克斯夫人依旧和她在一起。但是我首先得见其他人。一小时后，我在小镇上闲逛。这里比普罗旺斯凉爽，但是阳光灿烂。维希有一种感伤美。我一直都喜欢它优雅的白色，那是光鲜亮丽的现代化边缘的苍白后颈；喷涌的喷泉，还有大街上令人遐想的古老建筑。

我用手机拨通了梅尼尔的电话。听到我的声音，他重重地叹了口气。

“我想我可以听你讲。”

“我想见面谈。不，我坚持见面谈。”

“在这儿不行。”

“为什么？”

“在这儿见不大好。”他断然说道，“这样，我们在源泉厅见。你到那儿，喝点水，看看报纸，我尽量赶快到。给我十分钟把东西收拾好，好吗？”

我走进散发着硫黄味的阳光房内，付了硬币，坐在一群一瘸一拐的人中间，他们正在用塑料杯或自己的小瓷杯小口喝着令人作呕的温水。有的人正在往保温瓶里灌水。水蒸气似乎把现实与虚构交织在一起。

确切来说，菲利普来时，我还不大确定，因为一开始并没有认出他来。我误把拖着脚蹒跚过来到处找位子（看起来像是找位子）的男人当作另一个毫不相干、刚摆脱轮椅又要再坐上去的家伙。他比我记忆中显得身形小了，头发也花白了，像是他自己的照片褪了色。

“帕斯卡。”他说道，虚弱地握了下我的手，甚至声音听起来也虚弱而迷茫。

“菲利普。”

我们坐在小圆桌旁，麻雀在周围跳跃。难闻的水蒸气从水龙头上升起，充溢着周围的空气。

“我一直在等你过来。”他说，“我以为你会来得早一些。”

他看上去憔悴而枯瘦，六个月里他好像老了十岁。

“你必须告诉我娜塔莉·德拉克斯发生过什么事。”我说。

他闭上眼睛，深吸了一口气。我仔细地看着他，观察着能透露内心的表情变化。他告诉我，路易在维希时显示出好转的迹象，这令娜塔莉很激动，她非常关心儿子从昏迷中醒来后精神状态如何，会记得什么。

“我也碰到了，”我说，“没有什么好惊讶的。”

“她还称，确信皮埃尔·德拉克斯在跟踪她。说她自己好几次看到他，但是没有其他人看到他。”他停下来，好似等我消化这件事。但我没这耐性，作势要他继续。“有一天路易的状况突然恶化。那天早上，只有他妈妈和他在一起，没有别人看到，监视器里没有任何人进医院的画面。你了解我在说什么吗？帕斯卡，这是一个很难的问题吗？”

花了一点时间，我才悟出他的意思。

“你是在说她——她企图妨碍他？然后怪到皮埃尔·德拉克斯身上？”

“我不知道。”他叹口气，拿下眼镜用衣角擦去水汽，“但昨天我看到新闻说找到了他的尸体，我无法不怀疑。她了解许多医药知识，比你想象的多。你知道那是多么容易办到的。暂停供氧……没人会知道，也无法证实。”

“你和她对质了吗？”

“有，就在那时候事情爆发了。她否认，并且指控我在专业上的无能，当时没有证据说皮埃尔·德拉克斯死了——我们以为他逃之夭夭了。因此这只是我个人猜测，没有任何证据支撑。她知道这一点，说我在诽谤她。她变得歇斯底里，说我在陷害她，什么都说了。”

“你告诉沙维乐福了吗？”

他看了我一眼就往别处看去。当我在思考他的失败预示着什么时，我感觉自己被一片死寂笼罩着。

“你害怕。”我断然说道，我可以轻易地想象出这一切。

“我当然害怕。”他厉声说道，“从医学上来说，这不该发生的事却发生了。很容易说是我的又一个过失，也很容易被人叫作‘玩忽职守’。她知道，所以她就玩弄这样的把戏。记住，我已经宣称路易死过一次了。别人会如何看待？都不大好。帕斯卡，好好听着，这是我的事业，换成你，你也会这么做的。”

他看着我的眼睛，希望看到认可的眼神，但是我并不赞同。我不会这么做的。绝不会。我摇摇头，又是沉默，短暂但更紧张。“所以你把路易转到我们院来躲避她？”

我没有掩饰自己的痛苦，还有愤怒。他涨红了脸，有那么一会儿我怀疑他的心脏是否能承受得了。如果他当场心脏病突发，我会帮他还是看他挣扎？

“你知道这不是你想象的那么简单。”他辩解地说道，“路易在进入持久性植物人状态，医院就是这么认定的。她也想要他转院。我们达成协议，如果我不声张，她就不会告我玩忽职守。我们都摆脱了彼此。”

我会看着他挣扎。

“谢谢你，谢谢，菲利普。谢谢！”有几位病人开始感兴趣，听着我们热闹的对话，菲利普和我直觉地向桌子中间靠近。

“帕斯卡，你一定要了解。”他说，“我的状况很糟。我什么都不能证明，也没办法应付她，她的悲伤，她的愤怒，她的古怪——所有的一切。整件事让我非常不舒服。我差点提早退休。帕斯卡，对不起，我很不对，我该告诉你——但是我在挣扎。我以为自己要疯了。你会感觉到你要疯了吗？”

我猛然站起来，椅子翻倒了，发出沉重的金属撞击声。我把它扶正，倚着它好一会儿。现在人们开始堂而皇之地瞪着我们。

“我要走了。”他突然说。

事实是，我现在就觉得要发疯了，必须离开去消化我听到的事。世界在我周围打转，我不会让它得逞。我要抓住我认识的生活，我认识的娜塔莉。因为我爱她，所以我了解她，知道她的真相。菲利普没有这点，不可能像我一样了解她。就是那么简单！

我留下他在桌旁，和蒸汽里的病人在一起。我走向太平间时，脑子转得飞快。菲利普怀疑娜塔莉，很诡异。但同样诡异的是，他等于什么也没说。那普雷兹呢？他很清楚地说过：“我该为路易的意外负责，我该知道的，但我忽视了。”

世界上只有一个人能让我不再焦虑。她知道答案。

我拨通了她的手机，她立刻接了。

“告诉我你从未伤害过路易。”我说。

“帕斯卡，怎么回事？”

“告诉我。告诉我你从未伤害过路易。”我说。

长久的一段沉默后，她温柔地开口：“帕斯卡，很抱歉我之前的留言。我非常迷惑。你可以解释你为什么要写那些信，我知道你能解释。我听说皮埃尔死了？”

“告诉我你从未伤害过路易。”我又说了一次。我听得出自己声音里的残忍与冷酷。又停顿了，这次时间更久。我试着想象她的脸，但我做不到。一切都凑不起来。“告诉我！”我脱口而出。

“哦，帕斯卡，我从没伤害过路易。”她静静地说，声音里毋庸置疑地透露着谅解。原谅我把自己搞成这样，把她搞成这样，把满怀期待却遭到背叛的我们，搞得一团糟。她的声音里有安慰，有爱。对，我可以感受到。我的心滑回原来的地方。

“我怎么会呢？帕斯卡。我爱路易胜于世界上的一切。帕斯卡，你怎能怀疑这点？”

“因为我是个傻瓜。”我告诉她，松了口气，傻笑起来，然后挂断了电话。

我拨了普雷兹的电话，随后就改变了主意打电话给沙维乐福。我注意到自己的手指在颤抖。沙维乐福警官说她还在太平间，和德拉克斯夫人在一起。我告诉她自己就要过去。接着，不情愿地把菲利普·梅尼尔告诉我的向她做了汇报。我觉得自己有责任汇报，但是同时又忧虑不安。娜塔莉会曲解这些吗？我能够意识到她在认真倾听。

“现在就去见他。”她说，“我需要他做一份声明。他从来没有告诉我们他怀疑娜塔莉干涉路易的治疗，但是我怀疑。”

我哑口无言。“你不会真的相信——我并不是要你们认为……”

“我不相信。没有证据，这只是一种可能性，一种理论。很多情形中的一种。不要以为我没有全面审讯娜塔莉。但是她总是同一种说辞。什么都证明不了，现在也是。看，达纳谢，既然皮埃尔·德拉克斯的死已经证实了，我需要和梅尼尔医生谈谈，还需要再和里昂的普雷兹谈谈。马上。你能帮我把露西·德拉克斯带到普罗旺斯来吗？”

我们讨论了安排：我要陪着露西回到普罗旺斯，如果她能订到晚班机票，之前我曾乘这班飞机到尼斯。

“好。”沙维乐福松了口气，说道，“她现在非常痛苦，我觉得她最好和认识的人待在一起。尸体全面验过之后，他们才肯让领走尸体。”

五分钟后我到了太平间，那是一栋和医院连在一起的底层混凝土建筑。我看到露西·德拉克斯和沙维乐福警官在大厅等候。警官看起来有些不耐烦，她说自己有几个电话要接，就告辞了，留下我和德拉克斯夫人。我挨着她坐下，我们盯着空旷处，看着大厅里人来人往。我向她示以慰问，她似乎只是听到了，却并没有真正领会。我认得这种茫然若失的表情。我在失去孩子的父母脸上看到过。他们的世界坍塌，失去了依托。她开始在手提包里找什么东西，愤怒用力地翻找着。

“上次我们的话没说完。”她仍在找东西。

“很抱歉被这可怕的消息打断了。”

“我儿子是个很好的人。”找到了要找的东西，她说，“一个很好的父亲。”

“我相信他是。”我说。她从包里拿出一张相片给我看，证明皮埃尔·德拉克斯是个好父亲。爸爸和儿子一起对着相机微笑，路易拿着一架飞机模型，高高举过头顶。看起来像是一对好父子，骄傲地在一起，骄傲地展示他们的飞机。

“飞机飞得怎么样？”

“坠毁了。”她微微笑了一下，说，“他们最后都毁了。”她向一边看去。

“露西，我带你回普罗旺斯。”我轻轻地说，“路易需要你。”

我带她到车子里，她僵硬地走着，好像一下子老了一千岁。我们一直沉默着开出城，到巨大的弧形国道上。我在思考菲利普植入我心间的怀疑。立刻打电话给娜塔莉是对的，我需要得到她的保证。但是不知道为何，那些怀疑还在烦扰着我，有那么可怕眩晕的一刻，我任由自己想象娜塔莉的确伤害了她儿子，恐惧立刻渗入，这是一种自私的恐惧，什么样的人能做出这种事，我可能爱上——可能仍然爱着——这种人。然后，更可怕的是：路易安全吗？

“我想你不知道皮埃尔和娜塔莉是怎么认识的，是吧？”露西突然问道。这个问题打断得好。

“不知道。”我说。

“这就是我想告诉你的。你会看到我的儿子是怎么样一个男人。”

“继续。”我轻轻说道。我们并排坐着，免得有眼神接触，这挺好。一路的风景很好，太阳在路上投下树的影子。

“是通过领养机构认识的。娜塔莉把路易让别人领养，皮埃尔和他的妻子凯瑟琳被选为领养父母。你明白，他们自己没有孩子，尽管努力了很长一段时间。”

“继续。”我缓缓说道。

“娜塔莉想看看她的孩子将要和谁一起生活。但是，第一次见面不久，她就不干了。任何协议还没签，她就改变了主意。皮埃尔和凯瑟琳绝望了。随后他们接到娜塔莉的电话，她想要皮埃尔一个人去看她。他去了。他以为可以说服她把路易交给他和凯瑟琳。但是，呃。发生了其他事，他们开始见面。起初是因为路易。”

“后来不是了？”

“凯瑟琳立刻怀疑到了什么。不好意思，我的儿子行为不端。娜塔莉有些东西颇能吸引男人，某种男人。她是他们的救星。”

这些评价让我想起苏菲说过的一些话。感到血一下子涌到脸上，我稍微转过头，集中精力看后视镜。

“有一天晚上她从医院打电话给他，路易有呼吸问题。皮埃尔去了，在休息室陪了她一夜。他就是那样的人，但是这也是他的终结。”

我可以感觉到，露西说话时用清澈的眼睛看着我，我知道她没说谎。我可以看见它怎么发生的。我可以想象自己在皮埃尔的立场也会做同样的事。出于对单身妈妈独立养活被强奸后生下的孩子的同情和敬佩。

“所以皮埃尔为了娜塔莉，离开了他的第一任妻子？”我问道，心里某处紧张起来，毫无来由地觉得不舒服。为什么一个男人就不能为了他爱的女人，离开他妻子，并且做那个孩子的父亲？

“最后，凯瑟琳要他做选择。他选择了娜塔莉，因为她更需要他。我儿子是个好男人，结果那个选择是他一生中最坏的选择，他也知道。看看最后的境地。我和凯瑟琳还保持联系，刚打了电话给她，她很难过。她住在兰斯，又结了婚，从中国领养了两个女孩儿，后来又出乎意料地生了一个。发现她其实并不是不孕不育，这让皮埃尔很难过，引发了他心里的一些事，或许释放了他所有的悔恨。我想他忍不住觉得自己很傻，如果他们仍然在一起……就是这时，他怀疑娜塔莉在伤害路易。”

“什么？”我尖着嗓子问道，心跳开始加速。

“伤害路易。”她清楚地说。我可以感觉到她在盯着我看。她知道多少？我对娜塔莉的感情她能猜到多少？是否像她这样的年长女人都具有X光眼，能找出不正当的爱情？感觉上是如此。她继续缓缓说道，仍旧盯着我，“于是他坚持要路易看心理医生——马修·普雷兹。娜塔莉不太热心，但同意了。不过几个月后她拒绝再让普雷兹治疗路易，我不知道那时治疗进行到了什么地步。”

她声音保持得很平稳，但感觉得到她极为努力才做到这点。

“那强奸的事呢？”我突然一定要知道，我听出自己声音里的哽咽。

她平静地看着我。到克莱蒙费朗的标志出现，我踩下油门。

她仍然没有说话，我感到她在看我。她能感受到我心里的翻腾吗？

“但为什么？”我最后说，“为什么有人要假装被强奸……”

“为了同情。”露西脱口而出，“娜塔莉非常了解同情，也知道怎么利用它。”

有一种逻辑，那种逻辑把你带到的地方，你自己都不愿意相信它的存在。

我恨这样。我内心生出的怀疑就像原生的细菌，无法阻止。

“皮埃尔来巴黎和我同住时向我坦白，”她继续说道，“这场婚姻非常不幸福，从一开始就不幸福。我一直知道娜塔莉有些不大对劲，于是我找到了她姐姐，发现了她和娜塔莉不合的原因。弗朗辛知道娜塔莉想设计让·卢克和自己结婚，但是他拆穿了她的阴谋。现在她宣称是强奸，弗朗辛告诉娜塔莉他知道，于是他们之间就完了。”

“你把这件事告诉了皮埃尔？”

“我觉得他应该知道。”

“什么时候？”

“就在他们野餐前一周。”

“所以他们野餐时，他发现娜塔莉在强奸这件事上对他说了谎？”

“是的。”

“你认为他们吵架是为了这个吗？”

“我无从得知。”露西说道，“谁也无法知道。”

我们默默地坐在车上，不再谈论这个话题。真荒唐，我想大哭，想尖叫，或者又哭又叫。

“我想知道我儿子发生了什么事。”露西终于说话了，“他没有自杀，他也不可能伤害路易。”

“你在说什么？”我盯着前面的路，路似乎在我眼前膨胀了起来。眼中的一切都变得奇怪、倾斜了。

我突然意识到，好像我们走错路了，开的方向错了，不知道到哪里去了。

“我认为她杀了他。”露西平静地说道，“这是我的想法。”

“她说他们是因为糖果争吵的。”我脱口而出。皮埃尔不想让路易吃甜食。（为什么糖果会让我这么心烦？为什么什么都拼不到一块儿？）

“路易呢？”我问道，喉咙干干的，“你认为她也要害死路易？”

“他倒下时，我看到了他的脸，”娜塔莉曾说，“他嘴张着，似乎要告诉我什么。”内心有什么在抽动。不可能是这样发生的。不可能。除非——

“是的，”她轻轻地说道，“是的，我认为她也想害死路易。”

前面有个服务站，我打开了指示灯下了岔道。开到停车场一处安静的桦树林荫里，临近是一个游乐区。我们下了车走到野餐桌前，面对面坐下。我在流汗。小孩子们笑着，吵嚷着，蹦蹦跳跳地穿梭在一个个复杂的滑梯、橡皮轮胎和隧道间。露西看着他们，眼睛干涩。我伸手到口袋里拿出我开的处方给她。我默默地看了看，迷惑不解。

“这是什么意思？”

我解释了自己写这个时候的情景。

“胰岛素、氯仿、砒霜、沙林毒气和羽扁豆种子，”她低声说道，“很多毒药。”

“他似乎是要报仇，”我说，“你不觉得吗？”

我觉得自己像叛徒，出卖了娜塔莉。

“打电话给沙维乐福警官。”她说，“现在就打。”

“但这并不说明什么，”我软弱地说道。我不希望它表示这个意思。“这是我在梦里写的，我的潜意识可能——”

“打电话给她，”她严厉地说，“现在就打，还是你要我打？”

我拿出手机立刻打电话给沙维乐福。“听着，”我告诉她，“这很重要。你必须让娜塔莉离开路易，不要让她靠近他。”

“乔治和她在一起，但我们不能阻止她看路易。”

“为什么不能？”

“没有证据。达纳谢，你难道不知道吗？完全没有证据！”

我叹口气闭上了眼睛。

“你要我告诉你娜塔莉是怎么述说那场意外的？”我缓缓地说，真恨我自己，“她说路易掉下去时，她看到他的脸，他嘴巴张开，好像要说些什么似的。”

对面的露西缩了一下。“你确定她那么说？”沙维乐福尖锐地说。我必须塞住手机，紧压着耳朵听她讲。看得出露西很紧张。“你很确定她说，他掉下来时她看到了他的脸？”

“是的，很确定。”

“你知道这和她告诉我们的不一致。”斯蒂芬妮·沙维乐福慢慢地说道，“她说自己当时距离太远来不及阻止。”

“我知道，”我说，“她也那么说过，是有矛盾，当时我没注意到。”

“我需要你把这些作为证词。”

“当然，”我断然说道，“当然。”

“当然可能不足以定罪。同时，我还有个坏消息。”沙维乐福说。

“我想自己已经无法再接受坏消息了。”

“那我很抱歉。是普雷兹。他酒精中毒住院了，是饮酒过度引起的。我正要到那儿去，但他可能撑不过去了。”

在洞里什么都看不见，只有白色的石头还有地上古斯塔夫血淋淋的绷带，我们像是站在意大利肉酱面里一样。他的手越来越冷，越来越像骨头。不过我还是抓着，因为没有什么其他的好抓。我确定一直都知道是他，即使当我被他吓到，即使当他说奇怪的话，还有我感到周围有危险的时候。他现在的声音低沉嘶哑，就像在我脑袋里。

“很久很久以前，有一个小男孩，爸爸妈妈都爱他，有一天——”

“叽里呱啦的。”

“有一天——”

“我不要听那个故事。我不是个小婴儿，不要听愚蠢的童话故事，那是给小婴儿讲的，烂透了！”我吼道，但是他没有吼我。他很安静。

“你怎么知道故事很烂？”

"因为我以前听过。那是《容易发生意外的男孩——路易·德拉克斯的神秘故事》，叽里呱啦的。讲一个不那么烂的故事。"

"好。很久很久以前，有两个公主。"

"我不要听公主的故事，我要听蝙蝠的故事。"

"行，就蝙蝠。很久很久以前，有两只蝙蝠，不，是三只蝙蝠。三只，一只雄的，两只雌的。其中一只雌蝙蝠总是笑呵呵的，一只总是哭哭啼啼，那只雄蝙蝠必须在她们中间选一个。"

"和谁交配吗？"

"是的。他选了笑呵呵的那只，但是随后他又改变了主意，觉得那只哭哭啼啼的蝙蝠可怜，似乎更需要他。他想，如果他足够爱她，就可以让她不哭。但是他错了。"

"她为什么要哭？"

"因为这样人们会同情她，她喜欢这种感觉甚于喜欢笑话、故事或爱情。"

"她怎么样了？"

"最后她孤独一个。"

"笑呵呵的那只呢？"

"她爱上了另外一只雄蝙蝠，他们有三只蝙蝠宝宝，从此过着幸福的生活。"

"那么那只雄蝙蝠怎么样了？"

但是古斯塔夫什么也没说，因为我已经猜到这个烂故事结束了。他很可能知道这个故事很烂，知道我认为它很烂，因为一提到愚蠢的爱情之类的玩意儿——即使是关于蝙蝠的——也往往都很烂。所以我们只是坐在骷髅一样冰冷的洞穴里，我还握着他的手，几乎全是骨头了，但有种温暖的感觉。像你胸前的一点点火，像在森林里燃烧的松果。因为你能爱一个人，即使他死了，他也可以爱你。这是我刚刚发现的。

“我很快就要走了，年轻人。”他说，“会有一场葬礼。”

第十三章

我感觉自己怒火中烧，她说过，我记得很清楚，记得她的悲伤，她的泪水，她伪装的坚强的脸，记得我怎么因为同情而变得温柔。

留下露西在病房里和路易在一起，我走到办公室，打电话给杰奎琳叫她过来。那天诺埃拉已经下班了。等杰奎琳的时候，我拨通了在蒙彼利埃的女儿们的公寓的电话，希望和苏菲通上话，但是接通的却是留言电话。我不知道要说什么，犹豫了一会儿就挂了。然后觉得自己懦弱，又打了回去，留了条简短留言。

“苏菲，我是帕斯卡，我们得谈谈。”

之后我感到茫然若失，开始给盆栽浇水，它们上面有些尘土，看来被忽视了许久。我擦了几片叶子，喷上水，但似乎不再关心它们是死是活。杰奎琳敲门进来，说我看起来很糟，不应该在这儿。

“我应该在哪儿？”

“在蒙彼利埃和苏菲在一起。”她回答得很快，“你和她说话了吗？”

“我不知道要说什么。我现在一团糟，杰奎琳。”

她没回应，安静慈爱地拍拍我的手臂，让我觉得自己当下就要崩溃了。但我没有。相反，我做出了一个痛苦费力的决定，告诉她维希之旅，从菲利普和露西那里得到的消息。讲述这件事情的真相，让我痛苦极了。现在我担心我爱的这个女人，娜塔莉·德拉克斯可能伤害了她自己的孩子。把“可能伤害了”说出来让我恶心，但是在杰奎琳听来另有一种效果。她立刻说道：“‘可能伤害了’？帕斯卡，你说的是她曾试图杀害他。”

之前我从来没看到过她愤怒，不知道她愤怒起来会如何，她的口形变了，是一种我以为她哭时候的口形。我也从来没见她哭过。她走到窗前，向外看去。

“还有更多。”我心情沉重地告诉她，“露西·德拉克斯认为娜塔莉杀害了皮埃尔。”我刻意地要笑出来，好显得这个说法是多么可笑，却使之显得更为突出。

“她一直很奇怪。”杰奎琳终于说道，像是在自言自语，“她不想要任何接触。杰西卡·法弗洛说，她似乎觉得悲伤是她的特权一般。但是我猜她只是害怕我们看穿她。一般人们不会这样想，是吧？为什么有人会这样想呢？”

“沙维乐福提到过。”我说，慢慢地回忆着，“一开始她就提到过。我们都在沃丹的办公室，她就说可能是路易父母其中一人害了他。”

“但是我们不会想到是她，是吧？”杰奎琳说道，仍然背对着我，我听得出她很生自己的气——所有的一切都指向娜塔莉丈夫。我们想相信什么，就相信什么。

但是我们不得不转换想法。杰奎琳转过脸正对我时，她的眼睛闪闪发光。我知道她想起了自己的儿子——保罗。

“如果娜塔莉执意要对自己在路易的事故中扮演什么样的角色撒谎，或许也对她丈夫的死撒谎，我们该怎么办？”她明白地问，“我们究竟能做什么呢，帕斯卡？”

我盯着颅相图，迷失在大脑的各个腔室里，但不知道从哪儿冒出一个非常清晰的想法。

虽然我并没有正式上班，但下一个小时我陪着伊莎贝拉和她的父母。马萨洛特太太在前夫的要求下从巴黎赶过来，看来他们终于达成某种不太稳定的共识。伊莎贝拉对激动的气氛反应良好，有几个小小充满希望的迹象，预示她的意识在恢复中。她再次睁开眼睛，清清嗓子好似准备说话，她妈妈替她梳头发时她会抗议。

“她以前总是这样。”马萨洛特太太笑着说。

看到她微笑真好。我之前只是感觉她是一个为愤怒所累的人，但是现在突然对她有种温暖的感觉。我恭喜他们二位能抛开过去，并大致说了现在伊莎贝拉可以开始进行下一步的疗程，之后留下他们两个在床边。这时斯蒂芬妮·沙维乐福走进来，她看起来精疲力竭。前几个小时都在普雷兹床边和医生们争论他何时可以离开。

“什么？离开？”杰奎琳瞪大眼睛问，“但是他病得那么重——”

“我把他带过来，因为我认为我们需要他。”沙维乐福警官说，“万一路易醒过来，他也想来。”

她听起来很兴奋，但我觉察到她的声音在颤抖。不知道她多久没吃饭或者睡觉了，我们很有默契地走出病房。

“他在哪里？”我问。

“在大厅，我希望你能替他找张病床。”

“我来办。”杰奎琳说着很快离开了。

“关于这一切，”走过白色走廊时我对沙维乐福说，“缺乏证据。我有个证据，杰奎琳认为很好，我想可以说服盖。现在普雷兹来了，他也可以帮忙。他会很有用的。”

当我告诉她我的主意后，她看着我好像我疯了一样。

“不，”她说，停下脚步正视着我。“绝对不行。”

我马上生气了，问道：“为什么不行？”

她继续用犀利的眼神看着我。

“因为这太疯狂了，达纳谢。”

“到了现在，你还不愿意尝试一切方法？”我感到绝望了。“你现在没什么选择了，我们这儿一个男孩昏迷着，一个人死了，却没有任何确认的证据证明是谁的错。什么都没有。”

“我不能阻止你做你想要做的事，达纳谢。”最后她说，“但我不能参与，如果你要这么做，那么祝你好运。”

“你有更好的主意吗？”

“事实上，的确有。不管花多长时间，我都要盘问娜塔莉。我们现在掌握了新信息，菲利普·梅尼尔对于维希医院发生的事的新说法，和你那里娜塔莉告诉你的路易摔倒的说法，两项不一致。”

我想如果可以用这个来质问她，她可能会撑不住。

我去找杰奎琳，看到她、露西和普雷兹坐在大厅里。他们三个正在专注地聊天，我知道杰奎琳在告诉他们我的计划。普雷兹看起来状况很糟糕，仍旧带着便携式输液瓶，显然好几天没刮胡子了，皮肤散发出令人作呕的酒味。我猜这个味道要过很久才会消散。

“很高兴见到你。”普雷兹说。

“你会帮我们吗？”我问。

“我们都会的。”露西·德拉克斯说。

“沙维乐福说这是个疯狂的主意。”

“或许她说得没错。”普雷兹说道，“但是我们有什么损失吗？”

我们都紧张地朝彼此微笑，然后进去找沃丹。他正要回家，我们的到来让他措手不及。

“你不应该在这儿的，帕斯卡。”他嘟囔道，把我们迎进去。“我不是告诉你要休息休息吗？”

“我会的。”我说，“但是有些事必须先做。”

杰奎琳、普雷兹和我轮番向他说明，但是露西·德拉克斯真正说动了他。

“我已经失去了儿子。”她最后说道，“我孙子还在昏迷之中。如果有办法能和他交流，我想试试。我认为你不应该拒绝我，沃丹医生。”

沃丹有些窘迫，但是做出了让步，随我们去做他所谓的“实验”。如果他不在，他对我们所做的就睁一只眼闭一只眼。但是是有条件的，这要在适当的监督下进行。杰奎琳和露西·德拉克斯都会守在路易床边，全程都有摄像机录像，而且如果有火灾威胁要立刻停止。我们必须当晚行动，太晚的话，环境会更混乱。森林火灾每小时都卷过来得更近了，不管愿意不愿意，我们可能会被迫撤离医院大楼。毫无疑问，从森林那里飘来的烟火味也愈加浓烈。

“记住，”他最后说，“这不是公事。帕斯卡，你不在这里；你现在在休病假。”

就这样大家达成一致意见：我当天晚上和路易一起在病房里，还有杰奎琳、露西·德拉克斯和普雷兹。普雷兹已经安顿下来了，穿着睡衣拖着脚走来走去。

乔治·那维拉顺道过来，告诉我沙维乐福警官还在审问娜塔莉·德拉克斯。

“斯蒂芬妮很严厉。”他说，“但是到现在为止，娜塔莉·德拉克斯坚持她之前告诉警察的那个版本。她完全否认告诉过你，说路易摔下去她看到了他的脸。她说这是你瞎编的。”

我感觉自己怒火中烧，她说过，我记得很清楚，记得她的悲伤，她的泪水，她伪装的坚强的脸，记得我怎么因为同情而变得温柔。

“她在说谎。”

我又想起了从维希打电话给她时，她在电话里的声音温柔而坚定：“我从来没有试图伤害路易。”她爱他。对我而言，这样就够了，不是吗？想到自己心里竟然会怀疑她，让我很不舒服。更不舒服的是，我发现不管怎么样，这样的怀疑还存在，而且越来越深。

“祝你们进行顺利。”乔治说道，“我觉得这是个好主意。如果斯蒂芬妮在娜塔莉那边没有进展，她会改变主意的。”

但是听起来他不怎么相信。

等盖离开，我们在六点开始这个计划。我很焦虑，虽然我只是个被动的角色。我吃了一颗二十毫克的安眠药，很快觉得恶心，然后这种感觉扩展到全身。我躺在路易旁边的床上，被安眠药的感觉冲刷着。除了凯文和路易使用的两台呼吸机发出声音外，病房里似乎没有其他声音。呼吸机的嗡嗡声安抚了我，在睡去之前美妙澄澈的那一刻，一切似乎都简单而完美。

安眠药很有效。据杰奎琳说，六点半时我已全然没知觉了。那时她设好闭路电视和录像机，着急的露西和普雷兹也来到我床边。三个人一起在路易和我的床边等着，我旁边有纸笔和写字板。不过什么都没发生。

没发生，还是什么也没发生。一小时过去了，两小时过去了。之前以为能够激发灵感的计划，开始看起来像是绝望之下的愚蠢行为。不过他们仍然等了下去，还有什么选择呢？更多时间过去了，他们轮流睡了。到了半夜，绝望如同一张又冷又难受的毯子压在他们身上，我几乎没动过，路易也一直很平静，呼吸浅到几乎觉察不出来。长长的睫毛在他脸颊上留下影子，小手绕着玩具麋鹿。

到了凌晨一点，沙维乐福警官和乔治·那维拉回到医院，带回疲惫不堪、仍在试图反抗的娜塔莉。她什么也没透露，他们很绝望。乔治说服沙维乐福，如果路易经由我释放出任何信息，他们应该在旁边观察他妈妈的反应。面对自己无法让娜塔莉坦白的局面，斯蒂芬妮·沙维乐福终于同意了。娜塔莉在乔治的监督下，在另一间房里看着连接的闭路电视。沙维乐福会全程观察她的反应——并用闭路电视摄像机做辅助。天知道娜塔莉此时的感觉，也许只是在挣扎求生。我能想象她会干脆把一切紧锁心中。扼杀任何反省的冲动。我想象着她的眼睛，回忆的浪潮冲刷着我，使我无法思考，我觉得自己要崩溃了，这时我总是想象着她的眼睛，因为在我的记忆中，她的眼神空洞极了。

我继续睡着，普雷兹、露西、杰奎琳和斯蒂芬妮坐在床边的椅子上，根据之前达成的共识，娜塔莉和乔治一起在旁边一间房里。

到了凌晨四点，在床边打瞌睡的普雷兹醒了过来。后来他告诉我，他梦到了路易。路易到摩天大楼前来看他，他们说了话。他不记得说了什么，但他们很高兴见面。醒来时他拼凑着梦境里的碎片，想到了一个主意——一个非常简单的主意。他说出来时，十分奇怪自己之前竟然没有想到。根本不需要纸笔，普雷兹只要像往常那样和路易说话就好，他清了清嗓子。

“告诉我，路易。”他轻声说道，“在山上发生了什么事？”

我睁开眼睛，说起话来。

▶ 第十四章

让路易走，娜塔莉。我们在悬崖边上了，让路易走！

默德来到恶魔岛上，但是我们野餐时把它关在靴子里。

“你们吃了什么？”肥佬普雷兹对吃情有独钟，这也是他为什么这么胖，被人叫作肥佬普雷兹而不是先生。

“吃的。咄！你脑子是不是缩成豌豆什么的大小了？”

“有什么吃的？”他问，“还记得吗？”

“你要列个清单吗？好的，这就是野餐篮里的食物名单。普雷兹先生，我打赌这让你觉得饿了。有面包、馅饼、奶酪、私下里被叫作“驴鞭”的香蒜香肠，他们要喝的葡萄酒，我要喝的可乐，还有许多无害细菌，因为食物总是有许多无害细菌，有时候也有一些有害细菌，这也是为什么我感染过一次沙门氏菌。妈妈说我应该安静下来，否则会肚子痛，她总是这样说，害怕我呕吐，不小心吞下螺丝钉，这些有可能发生。有一次我不小心吞下一颗三厘米长的螺丝钉，不信你问她，我没说谎。”

“我知道你没说谎。路易。继续说。”

“说关于吃的吗？你还要听关于吃的？”

“什么都行。”

“还有生日蛋糕、巧克力。还要许个愿。妈妈许愿说希望我永远都是她的，坏事情永远不会发生在我身上。”

“你许了什么愿望？”

“我希望爸爸是我的亲爸爸，这样他就可以和我们在一起了。”

“啊哈，你把愿望告诉他们了吗，路易？还是只有自己知道？”

“叽里呱啦叽里呱啦。”

“这是什么意思？”

“意思就是叽里呱啦叽里呱啦。”

“意思是……”

“意思就是我没说出去。但是爸爸告诉我不要碰糖果的时候我说了。”

“糖果？”

“那不是真的糖果。他以为是的。我口袋里有，只吃过一颗。”

“如果那些不是糖果，那是什么？”

“叽里呱啦叽里呱啦。”

“一些让爸爸生气的东西？”

“避孕药看起来不像糖果。它们吃起来也不像糖果，吞下去就行了。他想知道为什么我口袋里会有，为什么吃了一颗。我就告诉他我每天吃一颗。”

“你每天吃一颗，路易？”

“当然了。”

“但是为什么呢？”

“这样我就可以变成女孩子。”

“为什么要变成女孩子呢？”

“这样我就不会成为强奸犯了。我告诉爸爸后，他开始朝妈妈吼，说她是个病态的骗子，最后成了这个样子，叽里呱啦叽里呱啦，所以我为了阻止他们就大声地把愿望说出来。希望他是我的亲生爸爸这个愿望我之前没说，现在说了出来。如果他是我的亲爸爸，我就不用吃避孕药了，是吧？所以这是爸爸的错，不是妈妈的错。”

“后来呢？”

“我就说我知道自己的亲爸爸是谁，他叫让·卢克，是个强奸犯，他深深地伤害了妈妈。妈妈不想让我长大像他一样。我也不想，因为强奸犯的鸡鸡会被割掉，我的也会被割掉，以免我也成为强奸犯。将来我也许会自己割掉。我有把小刀，在割掉之前我就先吃避孕药。”

“后来呢？”

“妈妈开始朝爸爸尖叫，我就跑，她追我，爸爸追她。爸爸还朝我喊：‘让·卢克不是个强奸犯，你不是强奸犯的儿子，路易。这是她杜撰出来的。跟我到巴黎去吧！’”

“你想这样吗？路易，你想和爸爸一起去巴黎吗？”

“不想，也去不了，因为妈妈抓着我，马上就到悬崖边上了，很危险。她朝爸爸吼着，尖叫着。爸爸停了下来，他说：‘让路易走，娜塔莉。我们在悬崖边上了，让路易走！’”

“然后呢？”

“她不肯，把我往悬崖边上拽。”

“为什么？路易。”

“叽里呱啦叽里呱啦。”

“妈妈在做什么？路易。”

“这个该让你知道。爸爸也不明白。”

“什么该让我知道？”

“这是条隐形规则，叫处置权。但是那时爸爸突然向前跳去，同时抓住我们两个，把她从我身边拉开，还说道：‘不要，娜塔莉！再也不要了！’他吼着要我到车那里等着，但是正在他说的时候，妈妈狠狠地推了他一把，他就像在动画片中一样摇摇摆摆。后来叽里呱啦叽里呱啦。”

“他掉下去了？”

“这可以算是意外，我知道什么是意外。这可以算是意外，你也可以认为她在试图帮他。”

“但是这是意外吗，路易？”肥佬普雷兹问道。

“可以算是吧。我认为它是，我认为。”

“你当时在干什么，路易？”肥佬普雷兹低声说。他的声音像一台变了声的老收音机。

“像往常一样，做她想要我做的事。这次她都不用帮我。这很简单，我总是这么做，我就这么做了，但这不是她的错。”

“什么不是她的错？”

“我的所作所为。因为是我自己做的，我选择，她说，你做出选择，就不是任何人的错，是你的错，不许不断地编造谎言来打动别人。自己做了选择，就必须为它负责，不许为此指责任何人。”

“路易，你当时做了什么？”他低声问道。他的声音很遥远，或许我听起来也很遥远。突然，我胸前一阵疼痛，像什么炸开了一样。

“我向后走去，数着脚步。五步，很简单，一，二，三，四，五。然后我想可能会有第六步，但是其实没有第六步。没了第六步，我掉进水里，死了。”

第十五章

我爱我的儿子，胜于爱世界上的一切，我绝不会让他死去。

就在这时候，路易停止了呼吸。

我被一声突如其来的可怕尖叫惊醒，是娜塔莉，她冲了进来，乔治跟在后面。场面一片混乱。刚开始我搞不清楚发生了什么事，还处于半醒半睡的瘫痪状态，但是清楚地记得路易说过的一切，还没有从这种状态中反应过来。路易像以前那样眼睛睁得大大的。我看到沙维乐福冲出去找人帮忙，看到杰奎琳推着呼吸机过来，沙维乐福带着两位护士过来。杰奎琳很快地给路易接上呼吸机。

“留不住他了。”杰奎琳说道，她的声音镇静，但我听得出其中的紧迫感，“我要打给沃丹，我没办法启动这东西。”

“不！”斯蒂芬妮·沙维乐福很快地说，“没时间了，帕斯卡能，可以吧，帕斯卡？”

“我不知道。”我犹豫着。奇怪地觉得自己疏离了现场，似乎我仍有一半意识在路易脑里，在另一个地方，一个阴暗、倾斜、奇怪、寒冷的地方。

“我知道你可以。”斯蒂芬妮·沙维乐福坚定地说。她用力打了我一巴掌，重得令人要退缩，我还没来得及反应，她同样用力地打了另外一面脸。我痛苦生气地大叫出声，但身体侮辱很有效，她将我从先前的意识中拉了出来。此时直觉开始起作用，我爬下床，开始奋力工作。

路易出现肺衰竭，我把呼吸面罩放在他脸上，进行心肺恢复，有规律地在摩压他的胸部，使心和肺开始作用，之后用呼吸器。我握着他的手腕，他的脉搏慢慢恢复正常。另一间病房里值夜班的护士，带了一位搬运工来，突然间病床边挤满了人。

“娜塔莉呢？”最后将他稳定下来后我问。之前急救时我感到她在我左手边，但现在不在那儿了。

“天哪！”乔治说，转身正对着敞开的落地窗，窗外天已经微微亮了，晨光逐渐升起，苍白的烟雾笼罩着一切。她走了。

“去追她。”露西断然说道，“现在就去，必须把她带回来。”

“我找人支援，”沙维乐福按着手机说道，“她不可能跑得太远。”

普雷兹正在低声抽泣。杰奎琳轻轻拍了拍他肩膀安慰他，像对小孩一般。他胸口发出痛苦的声音，泪水流下来。他抬头看着我，为什么他突然抬头看着我？我看到他赤裸裸的痛苦，像近距离被一枪射中心脏。我避开他充满杀伤力的直视。露西挨着路易安静地坐着，抓着他的手，脸上茫然若失。两人都苍白得像空气一样。

沙维乐福迅速评估了形势，认为娜塔莉可能会避开大路，这使得搜寻更困难，特别是现在呛人的烟雾开始扑了过来。天又亮了些，一抹粉红带着暗紫的青灰色气体从山坡上转向我们。我们很快同意分向而行。斯蒂芬妮·沙维乐福开车沿村子的路走，乔治走路下山坡，绕过国道，我则徒步朝山上走去，走到松树林边缘。

出发时一辆车冲上车道，在我们面前急刹车，是沃丹。

“我接到消防队电话，”他摇下车窗对斯蒂芬妮喊道，“必须撤离医院。”然后他看着我：“你怎么还在这里？”

“等下再告诉你。”我叫着，开始跑起来。

我不断地跌倒。通向树林边缘的路布满了石头：碎石、碎橄榄枝、苔藓和树皮。朦朦胧胧的烟雾完全改变了环境，以至于地上的标志物——一座石头废墟、一片薰衣草田、一座高塔——看起来像移了位。光线的小把戏让一切分离成碎片。我继续跑，感觉到地面和空气的分界模糊，逐渐合二为一。有一瞬间我以为看到飘动的身影，但它消失得极快，我立刻怀疑起来。我看着前方的地标，渴望瞥见她和她曾经来过这儿的迹象。但我看到远处较低的水平线上，乔治的身影在跑下斜坡，向国道西边的橄榄园奔去。但视线越来越差，我知道很快就会看不到彼此。

前方的树翼茂密而低矮，我想象其中有一枚炸弹放出热气。仍然看不到火焰，烟雾横过天空，悬在半空吞吐着污秽。然后我觉得眼角瞟到前方一百米处，有身影飞掠过，然后消失了。我的血涌到了耳膜，能听到自己的呼吸声，痛苦费力地喘着粗气。有那么一会儿整个世界的坐标轴似乎都倾斜了。

“娜塔莉！”我大声喊道。一用力肺却不争气，咳嗽起来。

烟雾聚拢起来，伴着黑色的尘土更厚了。“回来！”

一个身影又从树林间一闪而过，是她！尽管隔得远，还是看得到她的脸部轮廓，像是从报纸上剪下来的一般，惊人的完美椭圆形，她的轮廓和脸色都显示出她是多么天真。爱意、不屑、厌恶和同情——几种感情掺杂在一起，涌到嗓子眼上，使我想吐。瞬间成为永恒，在这千钧一发的时刻，爱意仅仅贴着，紧接着停歇，分裂成混乱、愤怒、怨恨和气愤，想要去毁灭、拥抱、热爱、毁灭。背叛会这样，强迫信任和欺骗激烈冲突，显示爱是多么毫无价值，一旦对象改变，就变得冷酷无情，不啻一台生存机器。

她看到了我，转身继续跑。

虽然之前吃了点药，但我依旧头晕目眩，而且被呛人的烟雾遮住一半视线。我跌跌撞撞地追赶她，紧盯着她的裙子，苍白的裙子在树干之间一闪而过宛如一只奇异的飞蛾。我拼命地想去惩罚、踩熄火焰，永远摆脱。还有，是的，拯救她，把她从她自己那里，从大火中，从我自己的愤怒中拯救出来。拉住她，原谅她。理解，是的，男人必须理解这种毁灭性的需求。

我似乎在抽泣。隐约之间，我捕捉到直升机的嗡嗡声，但是天上黑色的旋涡中，什么也看不到，而且我知道喊叫也毫无意义。我继续向前挺进，跌跌撞撞中划伤了自己，这时我赶到了她消失的树林边缘。我确定能追到她。她赌上了，向着火焰而去。她一定认为能甩掉我，或者我就此打住，但是她看错我了。不管我们多接近地狱，我都横下心要追到她。我的生死无关紧要，我只是世界上的一粒尘埃。

现在看得到火焰了，从树上喷出，如同霰弹射出般横过天际的火焰有着残酷、生动的橘红色。我又看到了她一下。她出现了，看到我仍追着她，立刻消失了，被滚热的森林吸入。仿佛被什么莫名的、充满恨意但清醒的生物附了身，我冲进火口。火的威力迎面而来，喷得我一脸痛。再靠近一点点就是自杀。但某种疯狂正推着我前进。

这事儿注定不会有一个好结局。但是尽管身上的每一个细胞都告诉我拐回去，拐回去，救自己，求援，让森林决定她的结局，但是我还是顺着她的尖叫声冲了进去。为什么我不把她丢在那儿？为什么即便自己啜泣连连，被烟熏得眼泪汪汪，还不由自主地像鬼魂附身一样冲过去？

她的尖叫声成了痛苦的长声哀号，等我追上她时，她已经活似人肉爆竹了，她浅色的裙子已经变成黑色，像烧焦了的油漆一样贴在身上。火焰似乎不仅包裹着她，而且在她身上跳动。有那么一瞬间，我站着没动，眼睛盯着在我眼前燃烧的破娃娃，她还在尖叫，嘴巴痛苦地张成一个大大的“O”，火焰在她头上围成了一个光环，像浅滩上受惊的鱼一样向外跳动。她可爱的脸被火焰吞噬了，我闻到了臭味。我向前跑去，正在她要摔倒时向前一扑，抱住了她燃烧的身体。

然后是地狱。

我还没弄清楚自己做了什么，火立刻经由她的皮肤烧到我身上。我想大叫，却没有声音。我甩不掉她。尽管全身疼痛，我也必须拖着她穿过燃烧的树林，别无选择。

我不知道自己拖着她走了多远，或是经过多久我才失去意识。此刻感觉不到火烧火燎的疼痛，却能闻到烧焦的味道。我们的身体焊在一起，我的还活着，她的或许已经死了，闻起来像烤焦的猪肉。

“她最后说了什么？”普雷兹随后问我，“当你们到达小溪时。”

她的确说话了。不知道怎么回事，我以为她死了。但她像榨胆汁一样说了几个词，她被高温烤焦了，声音沙哑而微弱。

“我总是会救下他。”她说，“我从没想过让他死。我必须保护自己的孩子。我爱我的儿子，我爱他胜于世上的一切。”

说完最后的话，她转动着烧焦的眼珠面对着我，眼睛已经瞎了，像两个白白的鸡蛋在眼眶里翻滚。我记得自己当时要吐，在泥水里抱着她发臭的尸体，我扭头就吐。然后就一片黑暗。

你种下自以为是爱的种子。只有当它开始生根时，你才意识到它不该长成这个样子。但是到那时已经太晚了。它已经长叶、开花、结出疯狂的果子。

你自己的病态怎么办？

你可以拥抱它，让它成为生活的一部分。也许皮埃尔·德拉克斯试图这样做过一段时间。但是有一些其他的东西把他拉向另一个方向；他本能地知道拥有什么，抛弃凯瑟琳的同时抛弃了什么；他知道他的儿子在危险之中。他可以跑开，到天涯海角去；或者面对最可怕的梦魇。也许这就是六月那天山顶发生的事，当时路易·德拉克斯的故事有了众多开端。

一个人直面事实真相，两个人付出了代价。

我因为严重烧伤，待在戛纳的医院里。三天后在重症监护室醒来。我疼痛极了，怀疑自己居然还活着，有多少血肉之躯能承受这样深切的疼痛。沙维乐福警官坐在我旁边。她的眼睛看起来红红的，惊诧地望着我。我看起来一定像从地狱来的。她告诉我他们把娜塔莉的尸体——的剩余部分——带去了太平间。我能活下来，真是幸运。如果我没有跌跌撞撞跨过小溪，如果乔治没有及时赶到，把我从地狱拖到地里，如果直升机没有发现我们……我也已经被烧成了一团。

我爱我的儿子，胜于爱世界上的一切，我绝不会让他死去。

娜塔莉死后，普雷兹把这些片段拼凑起来，给警方写了份报告，根据报告，路易称之为“处置权”。路易曾经要杀死他的仓鼠，因为他声称自有一套神秘法则。这项法则没有人谈论过。根据这些法则，宠物主人有权杀死宠物。如果你拥有它，你就掌控着它的生死以及生死的方式。这是路易成长中学到的，因为娜塔莉就是这样对自己的孩子的。他的生命是财产，她的财产。

在他还小的时候，她就自己弄伤他。或许试图害死他，却没有勇气。然后随着路易渐渐长大，他了解到她想要什么，顺应她的这种需求，所以他自己伤害自己。听到路易在昏迷中说的那些话，普雷兹对此很确定。她无须触碰他，只要在场，他发生意外事故，她会救他。这会加强他们之间的联系。她爱他，她恨他。她想永远和他在一起，她再也不想见到他。她无法和他一起生活，她离开他无法生活。

路易是她的同谋。

苏菲出现，她哭了，很害怕。我把一切都告诉了她。

"很抱歉我没在那儿支持你，"她说，"女儿们正在赶过来。"

然后我俩都不知道要说什么，即使结婚二十多年，此刻我们之间还是有一种尴尬和拘泥，感觉像是我们都改变了，成了必须再慢慢熟悉的陌生人。她将手放在我的手臂上，我看到她脸上可怕的表情：不是爱，是同情。

"你会回来吗？"我问道。一阵长长的沉默。

"我不知道，我指的不知道是否能容忍发生在你身上的事，我不是指烧伤，我指的是你脑袋里发生的事。"

她这么说的时候，我也在想我是否做得到。

十一月时我出院了，开始在医院上半天班。我仍然很虚弱。皮埃尔和娜塔莉的葬礼是在八月验尸完毕后举行的。露西告诉我，娜塔莉在巴黎的丧礼规模很小。露西会固定来看我，替我带来路易及外面的消息。娜塔莉的姐姐和一直宣称住在瓜德罗普岛的妈妈出席了丧礼。她妈妈不住在瓜德罗普，也从来没去过那里，而是住在巴黎南边的收容所。她看起来很疲倦，惊奇地接受了所发生的事。虽然她说她什么都不知道，也什么都不了解。路易出生后，娜塔莉就断了她们的一切联络。从来就没有一位继父的存在，也没有什么帕金森综合征。

十二月份斯蒂芬妮和戒了酒的普雷兹来看我。斯蒂芬妮在戛纳侦办一起诈骗案，普雷兹搭她的便车。两个人都想趁这个机会来看我、路易和露西，我很高兴见到他们，很高兴他们绕道过来——就普雷兹来说，绕了一大圈来看我。他们肯定被我的外表吓到了，但他们隐藏得很好。

“帕斯卡，你好吗？”普雷兹问道。

“我光着身子的时候不怎么吸引人，但是苏菲说我一直都那样。”

“她回来了？”斯蒂芬妮仔细地观察着问道。

“算是。但是我们关系还不稳定，有时候好，有时候不行。”

“多给些时间，”普雷兹说，“对待它就像对待丧亲之痛一样，是有阶段的。”

“她还在生气的阶段。”我说。

“随她吧。”

“我们在花园里走走怎么样？”我提议道。

“我陪路易坐一会儿。”普雷兹说，“我有些话要和他说，随后去找你们。”

看见路易，他很高兴，但又阴沉了下来。他抓住男孩的手捏着。

“没起色吗？”他悲伤地问道。

“没起色。我们一直希望有起色。”

我走路需要两根棍子。即使有棍子相助，我也走不快，哪儿都疼。我向斯蒂芬妮解释说烧伤要很长时间才能痊愈，而且胸部和腿部还要进一步动手术，手在缓慢康复中。

“来，带你看看玫瑰。冬天的玫瑰，才刚刚开花。”我们离开病房，斯蒂芬妮伸手拿她的雪茄，我捡起一个空的塑料瓶给她当烟灰缸。我知道如果访客走后不把垃圾清理干净，吉拉多先生肯定不会原谅我。我们在白云蓝天下默默地走了一会儿，海鸥在我们头上盘旋。

“帕斯卡，你对女人失去信心了吗？”斯蒂芬妮突然问道，“我很感兴趣。”

我想了一下，我从没问过自己。不知道为什么，这个问题这么明确。

“也许我应该会。但其实没有，我拒绝这样。还不如说我对自己的判断失去了信心。”

“对不起。”她说，“我没想到。”

“你呢？可以问一个女人同样的问题吗？”

“没有，因为这不一样。你不会对自己的同性失去信心。这将是一种弃权。但是你知道自己的同性能做什么，什么会让他们堕落。我也许不是典型的女人。”她说，斜着瞟了我一眼，“但是我了解女性心理。”

“男性心理呢？”

“在某种程度上了解。男人把女人往最好的方面想，尤其是吸引人的女人。是不是有些道理？我们往往认为长得漂亮的人道德也高尚，对于那些以受害者身份出现的人，娜塔莉说自己是受害者，大家都相信。”她沉思着说道，“尽管是女人，我也被骗了。”

往事突然在我脑际闪现：娜塔莉烧焦的身躯，她尖叫着，全身着火。一遍一遍地重现，平均一天五次，我看着她娇弱的身体跑着跑着消失了，跑离了我，跑离了这个世界，飞奔进地狱里；看着她浅色的头发着了火，她的脸庞变黑了，被烈火吞噬，上面环绕着可怕的晕圈。

我们到了玫瑰花那里。

“它们难道不伟大吗？”我颤抖地问道，用棍子指着一丛盛开的黄色花朵。我把娜塔莉的影像强行压回意识的角落里，它在那儿生活着。

“很引人注目的颜色。”斯蒂芬妮把烟熄掉，用脚后跟把烟蒂磨碎在泥土里，“路易提到过羽扁豆种子，你们这儿有吗？”

“很多，”我说，指向剩下的，“很毒。”

说到这儿她又严肃起来，说：“让我不解的是，娜塔莉的想法是从别的时代来的。在那个时代，女人真的很无助，真的必须要控制男人。”

“返祖现象，”我低声说，“某种遗风。但伤害她的孩子却说成是爱……”

“每天某处都有女人伤害自己的孩子。”斯蒂芬妮冷酷地说，“相信我。”我们看着普雷兹和杰奎琳站在阳台上，下了阶梯走向我们。

“但我不想相信你。”

“没有人想，但那是事实。是最容易掩饰的一种谋杀，因为它是大部分人最不愿去考虑的一种。”

“这点使我们成为共犯，”我缓缓地说，给这想法一点空间，“我们在毫无所知的状况下成了共谋。”

“娜塔莉的第一个错误很容易被忽略，甚至可以原谅，如果你很喜欢原谅这种事。她要一个不想要她的男人。她用怀孕来陷害他，是历史上最古老的诡计。”

“最古老的诡计之一。”普雷兹说着加入了我们，斯蒂芬妮拿出另一支烟，这回她避开我点燃了它，“事实上，还有很多。好漂亮的玫瑰。”

“全都写在心理学的书上，是不是？”斯蒂芬妮说。她笑笑，我们继续向前走，绕过角落停驻在景观池塘边。我突然想到，斯蒂芬妮和普雷兹一定花了不少时间，讨论娜塔莉的案子。奇怪的是，我觉得自己成了圈外人。

我看着从喷泉射出来的小小彩虹。腿开始痛，必须要休息一下。

“道德上也许有争议，”斯蒂芬妮说道，“但不邪恶，甚至不算非法。只是一种下流的诡计。去问问被这样套住的男人就知道。他很生气，很愤恨。女人能成为自己最大的敌人。”

“但为什么要捏造出强奸的故事？”我问，我还是不懂，“那么——那么激烈。怎么会有人想出这种主意？”

普雷兹喘气：“我就是在这儿搞错了。听到那个故事时，我从没怀疑过它。你也没有吧？”

“不，”我说，“你不会怀疑的。太……下流了。去怀疑那个故事就下流了，但捏造出那样的事，同样下流。自重的人不会——”

“哦，但它是起于自尊的。”普雷兹说，“这样看吧。她根本无法说出真正的故事，她会很难堪。她可以想出让她不会那么难堪的故事，某种半真的版本，大部分的女人在那种情形下都会。但她太高傲无法那么做，也太狡猾。她更进一步，强奸的故事为她赢得一张病态的标志。”

“其实还挺发人深省的。”斯蒂芬妮阴郁地说道，“这给她一种圣战烈士的感觉。为女性头脑的伟大高呼三声。”

这种想法让我很郁闷，我从来没有这么想过女人。很多女人不是这样，当然，很多女人不这样。

“这就是我为什么问你是否对女人失去了信心。”她继续说，“但是换作是我，我也许会失去信心。但是我不希望你失去。”

她突然严肃起来，我朝她笑了笑，看见普雷兹也在微笑。觉得状态稍微稳定一些，我们继续慢慢往前走，沙维乐福一边抽烟一边讲话，普雷兹和我大多数时候只是听听想想。在某种刺激之下，我想起以前有个时候，第一次见斯蒂芬妮时，我非常不喜欢她，至少没把她当回事儿。

“我误解了你。”我突然说道。

“我知道。”她说，突然回过头看着我，随即笑了。

“人们会误解你的，斯蒂芬妮。”普雷兹说道，“你给别人的感觉就是这样。或许你要稍微带一些伪装。”

但是我无法随着他们一起大笑。我的感情会消失吗？太强烈，太现实，太折磨人了。我们三个坐在杜鹃花旁的长凳上，默默地看了花园一会儿，都陷入了沉思。

“她爱她的儿子，但她也恨他。自始至终都有这种冲突。这比孟乔森综合征更为复杂。她谋杀的本能其实在那儿。她说不会让他死，却一次又一次把他推到死亡的边缘。他在某种程度上也想要如此。这是他们一起玩的一项游戏。”

一条鳞片光溜溜的锦鲤从我眼前的水面游过，另一条紧跟着，接着第三条。它们俊俏的身影打着旋钻进水里，我看着它们，自己像是被催眠了一般。

▸ 第十六章

也许有一天，一场意外，摔一跤，我就赎了罪。

隆冬二月，一切都光秃秃的。顶部积雪的山峦郁郁地耸立在平原上，荒凉破败，宛如月球表面。巨大的岩石四分五裂。路上几乎没有任何其他车辆，除了偶尔几辆载重车轰轰隆隆地驶过，它们的轮胎激起一圈圈污水。在一片空旷之中，它们在某个地方收取货物。

从朋特洛尔开始，路变窄了。我又花了一个小时才到达德拉克斯一家人野餐的地方，这里比预想中更高，更偏僻。

我在附近一处空地停了车，慢慢地沿着路，朝着到处都是蜘蛛网的枯草走去。斯蒂芬妮给了我警方地图，上面有路标：一株弯曲的杉树，一丛桦树，两块大圆石。有几处奇怪的薄雾。尽管穿着厚外套，我还是直哆嗦。当我挣扎着拨开挂在我衣服上的荆棘时，胸口和手上的伤隐隐作痛。我渐渐地听到水流的声音。我一瘸一拐地走到峡谷边上，站在路易·德拉克斯摔下去的地方。

过了几分钟我才鼓起勇气向下看去。摔下去可真不含糊。我突然感到一阵恶心，晕头转向的。我的应对方案就是慢慢地呼吸，止住惊慌。什么人从这里掉下去还能活着，真是不可想象。

可以看见远远的下面有一条银色丝带，有云彩从上面升起。

我在那儿待了好一会儿，只是喘息。一边喘息一边想自己是否明白路易和他的妈妈在一起跳了九年的舞蹈，这种仪式还有行为的复杂性竟使得他向后走出了那五步。我自己是否知道路易是从哪儿走的呢？人的意识比它存在的世界大了不知道有多少。人的大脑绝不仅仅是机器或者一坨肉。我突然想，我相信人是有灵魂的。我所了解的关于脑子的一切都告诉我说人类没有灵魂，但是我仍然相信有。我相信路易的灵魂，我觉得自己动摇了。

为了试图给这件事画上句号，我写了篇关于路易病例的文章。但是尽管有心灵感应交流的证据、闭路电视的录像带、目击证人，我的论文还是被所有的主流医学期刊拒绝了。在我内心深处，我知道它会被拒绝。它太离奇了。编辑委婉地暗示道，这会有损我的名声。这只会被人们认为是我离经叛道的表现之一，不会对我的事业有帮助。

沃丹说对我表示同情，但是我知道他赞同他们的观点。他不相信那些证据，但是他很谨慎。我考虑过写一篇到报纸上，但是它在更大程度上就成了故事而非严肃的事实。还有一个机会就是路易从昏迷中醒来，但是希望不大。

所以我继续工作，照看盆栽，静静地没说什么。

苏菲回来了，但是每周末都去蒙彼利埃和女儿们待在一起。

我没有试图阻止她。我们之间的关系在慢慢地恢复，但是很痛苦。

回归生活和死亡一样缓慢，甚至更慢。但是有一些细小的迹象表明医院里的路易状况有所起色。我仍然很乐观，仍然和以前一样坚定地相信希望的力量。自那场大火过后，我在很多方面都变了。但是在那点上，我还是一样的。不像我的一些同事们，我喜欢相信，不管是什么样相反的迹象，几个月后路易将会从昏迷中完全恢复过来。

然后我设想了自己将来的生活，遥远的未来的生活。是的，我有时候——时常——任由自己这样做梦。

我们将组成一个不寻常的家庭。也许到那时，苏菲和我已经达成共识，一起重新开始生活。过去的生活已被我毁掉，而新生活中则会有新的姿态，新的声音，新的情感，一种谨慎的温柔。儿子皮埃尔死后，露西的身体一直不好，尽管她过来住在村子里，但是仍然要苏菲和我认路易做儿子。她很少笑，但她笑起来时，你就能觉察到她调动面部肌肉要费多大劲。

有时候我甚至会叫路易“儿子”，这是个笑话，但是我们都需要。女儿们会很宠他，周末会拖着男朋友们从蒙彼利埃过来惯着他，玩电脑游戏，看电视，带他去麦当劳。苏菲会像过去一样为我们做丰盛的饭菜，充满母爱地看着路易吃，我会看着她看着路易，心想生活变得真是快，很快就会被带上歧路，再也无法挽回。有些痛苦永远不会消逝。即使一个孩子开始问问题，有些话最好还是不说的好。

露西会记着皮埃尔的事，将来讲给路易听，但是我们都闭口不谈娜塔莉·德拉克斯。如果在这样的情况下有什么最好的办法，那么这就是。路易知道她爱他，这就足够了。有些记忆并不需要。大脑比我们想象的更大，它的运行也更加微妙神奇。尽管你的一部分身体被烧焦了，但大脑会做出补偿。从灰烬中长出来的植物是最诡异的。

普雷兹每个月会来看我们一次，在他的帮助下，路易的进展也显而易见。普雷兹、苏菲和我会讨论他怎么样，有些奇怪的是，我们总是留意看着是否有迹象说明他想起了什么。因为我们都很紧张，尽管他痊愈了，现在周围一切也很正常，但是生怕过去会顺着缝隙溜进去，淹没他的灵魂。

不要以为娜塔莉死的时候我不伤心。不要以为我不再爱她了。我还在爱着她。即使现在，我也不确定心里是否还有她。也许苏菲能看出我这点，也许这是我们之间分房而居的原因。也正因为此，尽管我们重新领略到温存与优雅，但她仍然心存怀疑。

是的，不管娜塔莉·德拉克斯在我心中漾起的感情多么不合时宜，它仍然在我心里，在每日的阵阵疼痛、羞愧、自责与难过中时时更新。无疑，我当时一定能够救她；无疑，如果我对她的爱对的话，她也许……

“不是的。”普雷兹告诉我，“她不适合爱。爱从来没给她带来过幸福。她的人生不一样。”

有一天，我会彻底忘记的。当我醒来，不再想起她，那一天就来了。但是与此同时，她生命中最好的部分——她的儿子——或许将来会准备好重新踏进这个世界，一个不同于我们所了解到的世界。在这个世界里，他占有一席之地，我尽我所能，为他做一切，做得更多。也许有一天，一场意外，摔一跤，我就赎了罪。

想象一下，有一天我和路易盯着这种生物。它是一种神奇的动物，体型庞大，呈乳白淡紫色，有长长的粉色触须，上面装饰着碟子大小的吸盘。它在一个巨大的箱子之中，博物馆所有人都像我们一样，迷失其中。它暂时假死，而这之前从来没有人相信这是真实的生物。

人们曾说那是水手虚构出来的，尽管身上的吸痕证明它们的确在海洋深处生存。它们曾在海洋深处藏了许多年，但是现在来到了这儿，在新的环境下，以不同于其他生物的方式繁衍生息，成为人类想象的永恒封锁、遥不可及、不见天日的秘密世界的信使。神奇的是我们发现了它们，并不是我们闯入了它们的世界，而是它们闯入了我们的世界。

路易坐在轮椅上，头固定着，眼瞪得大大的，一眨不眨，他看啊看，一声不吭，对一切都视而不见，也许是充满了敬畏，以至于你几乎听不到他呼吸。我突然觉得非常神奇，有这样的生物存在，同时路易这样的一个男孩也许会从那个巨大未知的地方回来。

第十七章

如果你做出了选择，即使这个选择是错的，你也必须为此负责任。你选择了，路易，这是你的选择。

你不要说“哦，可怜的路易·德拉克斯”，因为这个故事不算太烂。这是个真实的故事，我不介意待在这儿。

之前很多事都很烂，当一个“问题小孩”或总是发生意外事故不太容易。去普雷兹那里上课很烂，爸爸妈妈怨恨彼此很烂，学校很烂，被人叫作“怪胎”很烂，甚至默德一家人也很烂。

然后也有不太烂的。瞧，普雷兹不解的是我从来不觉得医院烂。我这样说过。我喜欢医院，我喜欢人们一直照顾我；我喜欢自己可以只是躺在那儿，想事情，不用担心他们太脆弱或者他们玩“假装你不恨他”的游戏；我喜欢自己可以想《蓝色星球》，自己可以梦到古斯塔夫这样的人，听帕斯卡给自己读《动物的精彩世界》。这甚至比睡着还好，因为不用醒来。你只需要躺在那儿呼吸。你甚至不用说话。有一点儿不喜欢，就可以断掉然后睡觉。我很擅长有坏消息就睡过去。我喜欢达纳谢，我喜欢杰奎琳、玛丽安、贝特和其他护士。我喜欢妈妈走来坐在我旁边，和我讲她以前的跟各种狗狗发生的事，讲她年轻时候住过的地方。

我甚至喜欢肥佬普雷兹来访。

我这一生都在等着来这家医院，整整九年。“九”是我的吉祥数，因为这是我的第九次生命，而且我的第九次生命是最好的。这是真的，我可以永远留在这儿。我不需要一个爸爸或者妈妈，因为我有了古斯塔夫和达纳谢。每晚达纳谢都会过来读书给我听。他低声道“晚安，只要你愿意，你可以随时醒过来，路易。我愿意带你去巴黎看水箱里神奇的生物。”但是他不明白，因为他有些迟钝。他不知道我已经能在水底潜泳，想看多少大鱿鱼都能看，想看任何其他的动物都可以，想做世界上的任何事都行。我可以去任何想去的地方，做任何想做的事。

世界上任何地方，任何事。

你一定是疯了，才会想再做路易·德拉克斯。

这就是达纳谢不懂的。但是古斯塔夫知道，他懂。这是我的选择。所以谢谢，达纳谢，我喜欢你，我喜欢这里的生活。我向你保证，我的第九条命比其他八条命都好。我想通了，这就是我所想的：在这里很好，所以我会留在这里。

如果你做出了选择，即使这个选择是错的，你也必须为此负责任。你选择了，路易，这是你的选择。

“如果我留在这里，你没问题？”我问他。

“不，我不确定，路易。”

那不是达纳谢的声音，是古斯塔夫的。我好久没听到爸爸的声音了，我以为他走了，他的声音非常微弱。

“你不必留在这里。”古斯塔夫说。

爸爸说："如果你愿意的话，你可以醒来活下去。你愿意吗？"

"不！也许，我不知道。"

他很久什么也没说。我再也看不见他了，我告诉你了吗？自从我们一起进洞，他给我看了墙上用血写的我的名字和凯瑟琳这个名字，解开他的绷带，我最后一次看到他的脸，我就看不见他了。他只是我头脑中的一个声音，像梦一样。

"这取决于你对以后发生的事有多大兴趣。"他说，"也许是好事。你知道，当我在洞里被困三天的时候，我了无兴趣，只想结束。这点和你不同。"

"以后的生活也许也很烂。"

"也许会。"爸爸说道，"也许不会。但是只要你想，有路可以回去，你知道。"

"你呢？"

"我必须留在这儿。"

"所以说你死了。"

"我想你知道。你所知道的一切，所有的奇异动物，你的毒药，我们制造飞机时你听从的指令……我想你知道，路路。我死在了山洞里。年轻人，想象这个世界，想象它也许不那么烂。但是我们必须说再见了。是时候了。"

我把头扭向窗户。你可以感觉到外面天变亮了，可以听到鸟叫，是海鸥。我知道古斯塔夫没对我说谎。他是唯一一个从来没骗过我的人。我还知道其他事，我知道有一天如果我愿意，我能做到。往前跨一步，再跨一步。